Cascade POLICIER

COLLECTION

Cascade

WALTER DEAN MYERS

HARLEM BLUES

RAGEOT-ÉDITEUR

Cet ouvrage est paru aux Etats-Unis chez Viking-Kestrel - New York sous le titre : MOTOWN AND DIDI
Couverture : Nicollet
Traduction : Caroline Westberg
ISSN 2-7002-1202-9
ISSN 1142-8252

CHAPITRE 1

Motown n'avait pas toujours vécu dans des immeubles désaffectés. Il n'avait pas toujours habité la 135e rue non plus. Il vivait dans des vieux bâtiments condamnés de Harlem depuis quatre ans, et dans la 135e rue depuis presque un an. Non pas que le quartier soit spécialement attirant. Deux années auparavant, un incendie avait ravagé un pâté de maisons et la municipalité avait envoyé une entreprise de démolition pour en achever la destruction. C'était, disait-on, pour des raisons de sécurité à l'égard des voisins, afin que les murs ne s'effondrent pas sur un passant. Il ne restait qu'un terrain vague où les gens venaient déposer leurs ordures. L'hiver, des clochards ivres y faisaient des feux dans les poubelles pour se protéger du froid. L'immeuble dans lequel vivait Motown s'était vidé peu de temps après l'incendie. Celui d'à côté était désert aussi. Au début, les fenêtres avaient été recouvertes d'une couche d'étain galvanisé ; et puis la ville avait fait placer des photos de fenêtres en trompe-l'œil par-dessus, pour faire croire que les appartements étaient toujours habités.

Des drogués avaient volé toute la plomberie :

les tuyaux de plomb se vendaient dix cents le kilo s'ils étaient d'origine et cinq seulement s'ils étaient peints. Les rats avaient investi le rez-de-chaussée, à proximité des ordures. Motown, lui, logeait au deuxième étage.

Lorsqu'il se réveilla, le lundi après avoir perdu son travail aux Messageries de l'Empire State, il pleuvait. C'était une chance. Des tas de gens resteraient chez eux et rateraient des boulots que lui, sortant sous la pluie, pourrait obtenir. Allongé sur son étroit lit de camp, près de la fenêtre de l'appartement 4 donnant sur Lenox Avenue, il établit un plan d'attaque : deux jours par semaine, il chercherait un vrai travail, fixe. Les trois autres jours, il accepterait n'importe quoi, même un job temporaire, pour joindre les deux bouts. Peu importait le genre de travail, du moment que c'était honnête. Il se leva, vérifia qu'il avait bien toutes ses affaires de toilette dans son sac, s'habilla et descendit. Au rez-de-chaussée, il aperçut deux rats trottiner par terre, puis grimper au mur et disparaître dans un trou où se trouvaient les boîtes à lettres avant que l'immeuble ne soit condamné. Il entrouvrit la porte, jeta un coup d'œil prudent à l'extérieur pour s'assurer qu'il n'y avait personne, et se glissa dehors, dans le matin pluvieux. Il ne fallait pas être vu aller et venir. Les poivrots ou les junkies risqueraient de penser que vous aviez quelques économies cachées chez vous et ils étaient prêts à mettre tout à sac pour les dénicher. Ou, s'ils ne trouvaient rien, ils étaient capables, par dépit, de brûler votre lit ou de se soulager dessus.

Les économies de Motown, 400 dollars, étaient dans une banque en ville. Il gardait son livret d'épargne enroulé dans une ceinture qu'il portait à même le corps. Il l'avait confectionnée en coupant et cousant dans une veste de l'armée qu'il avait trouvée. Il y avait mis des boutons afin de pouvoir l'attacher autour de la taille.

– Hé, Motown, où vas-tu de si bonne heure ?

Tutmose Rogers essuya la transpiration qui ruisselait le long de ses tempes.

– En ville, voir si je peux dénicher un boulot, dit Motown. Le job que j'avais trouvé à la fabrique de vêtements n'a pas duré comme le type me l'avait promis.

– Oui, je connais la chanson, répondit Tutmose. Tu veux un journal ?

Motown prit l'un des journaux que Tutmose vendait et fouilla dans sa poche pour le payer mais Tutmose l'arrêta d'un geste de la main.

– Tu ne gagneras pas d'argent si tu donnes tes journaux, Tutmose.

– Allons, Motown, déclara Tutmose en souriant, toi et moi on est comme les doigts de la main.

Motown se dirigea vers le métro. Il se sentait bien, marchant au rythme des passants qui partaient de bon matin. Ce qui créait la différence entre les gens, songea-t-il, c'était ce qu'ils faisaient le matin. Si on se levait et qu'on allait travailler, on appartenait à un certain groupe, si on n'avait aucun endroit où se rendre, à un autre. Motown avait dix-sept ans, presque dix-huit, et la plupart des garçons de son âge qu'il connaissait n'avaient rien de mieux à faire qu'à traîner dans les rues.

Il n'y avait pas de mal à être dans la rue, mais Motown pensait quelquefois que ce n'était pas le vrai monde. Parfois aussi, il se disait que certaines personnes qu'il rencontrait dans les rues n'étaient pas de vraies personnes.

« Tu vois ces garçons qui marchent dans les rues, déclarait le Professeur, assis devant sa librairie sur Lenox Avenue, ce ne sont pas seulement des garçons au sang neuf, ce sont des guerriers marchant le long des frontières du territoire de leur tribu, exaltant leur virilité. »

Cela sonnait bien, songea Motown, des jeunes guerriers noirs protégeant leur territoire, mais la réalité ne ressemblait pas toujours à cela.

Motown descendit dans le métro au coin de la 125e rue et fit la queue pour acheter un ticket. Il ne savait pas s'il valait mieux descendre sur la 14e rue ou sur Warren Street pour chercher du travail. Sur Warren Street, il y avait parfois des jobs de coursier plus intéressants que ceux de manutentionnaire dans les fabriques de vêtements de la 14e rue. Par contre, il y avait davantage d'agences pour l'emploi dans ce quartier-là et donc plus de chances d'obtenir quelque chose, aussi opta-t-il pour la 14e rue.

À l'agence Sterling, on lui dit qu'il y avait deux possibilités, les deux au même tarif : trois dollars cinquante de l'heure.

– Le boulot de coursier, demanda Motown, c'est à pied ?

– Ils fournissent le vélo, lui répondit-on, et le patron assure que tu peux te faire des pourboires.

– Et l'autre ?

– C'est dans un magasin de demi-gros. Aucune expérience n'est requise.

Motown choisit le second. Il avait vu trop de coursiers renversés par des voitures alors qu'ils zigzaguaient à vélo au beau milieu des embouteillages. Il avait même essayé une fois et n'avait pu dormir de la nuit, à l'idée de ce qu'il aurait à affronter le jour suivant.

Il fut reçu par un homme qui avait le type arabe. Il parlait doucement, expliquant à Motown que son travail consisterait à nettoyer le sol et à garder l'endroit propre. C'était dans ses cordes et il besogna pendant huit heures.

– Je ne crois pas que j'aurai besoin de toi demain, dit l'Arabe. Motown n'avait pas réussi à saisir son nom. Quelque chose comme Katob. Rappelle-moi mercredi.

– Si vous n'avez besoin de personne, pourquoi avez-vous demandé quelqu'un ? interrogea Motown. J'ai dû donner vingt-cinq dollars à l'agence pour obtenir ce boulot.

– Tu travailles bien, dit l'Arabe. Laisse-moi en discuter avec mon frère.

Motown s'assit sur un carton et attendit. Il n'était pas fatigué bien qu'il n'eût pas arrêté de toute la journée : s'assurant que le sol était propre, vidant les poubelles et portant parfois des paquets pour les vendeurs. Mais l'idée de se retrouver sans travail le soir même où il avait été embauché l'épuisait. Il en avait assez de chercher sans arrêt et plus qu'assez de toujours revenir à la case départ.

– Mon frère dit qu'il est désolé, déclara l'Arabe

en réapparaissant. Mais le garçon qu'on emploie d'habitude revient demain. Je vais te donner les vingt-cinq dollars de caution. Laisse-moi ton numéro de téléphone. Si j'ai à nouveau besoin de quelqu'un, je t'appellerai.

Motown inventa un numéro. L'homme lui tendit en échange les vingt-cinq dollars.

Peut-être que le type à l'agence pour l'emploi lui proposerait un autre boulot pour rien, songea Motown, puisque celui-ci n'avait duré qu'une journée, et dans ce cas, les vingt-cinq dollars seraient tout profit. Peut-être...

Le métro de Lexington Avenue était plus vieux que ceux de la plupart des autres lignes. Il secouait et protestait avec des crissements aigus sur le chemin de Harlem. Motown s'appuya contre la porte et se concentra sur son plan d'attaque pour la semaine. Passerait-il deux jours supplémentaires à chercher un travail stable à présent que celui-ci s'était envolé en fumée au bout d'une journée, ou ne chercherait-il qu'un jour de plus ? S'il y consacrait deux jours et ne trouvait rien, il pourrait toujours vendre son sang pour neuf dollars afin de compenser.

Il descendit à l'arrêt de la 125e rue et parcourut le reste du chemin à pied. Il aimait les fins d'après-midi à Harlem. Lorsqu'il était de bonne humeur, Motown sentait la vie qui palpitait et émanait de l'asphalte. Il respirait les odeurs de l'existence, nouvelle et ancienne, qui s'exhalaient des immeubles de brique rouge et dégringolaient comme du lierre aux escaliers de secours extérieurs. Certaines personnes pressentaient les changements du temps, Motown, lui, était sensible aux changements de la rue. Il ralentit en atteignant le coin de sa rue. Si quelqu'un se trouvait devant l'immeuble dans lequel il habitait, il passerait sans s'arrêter. Il attendrait que le champ soit libre, que l'obscurité se soit emparée des rues, ait renvoyé les poivrots vers leurs repaires et fait rentrer les gens chez eux. Alors seulement, il retournerait dans cet endroit qu'il appelait son chez-lui. Il s'engagea lentement dans la rue, prétendant s'intéresser à la devanture de l'épicerie. Du coin de l'œil, il vit qu'il se passait quelque chose. Un groupe de garçons entouraient une fille qu'il avait déjà vue dans le quartier. Il croyait se souvenir qu'elle s'appelait Didi.

Ce n'était pas la fin du monde. Darlène Johnson avait cette phrase sur le bout de la langue. Ce n'était pas la fin du monde, le soleil continuait à briller et la terre à tourner. Mais à ce moment, elle aperçut le visage brun de sa fille dans la glace et découvrit la peine, la douleur qui déformait les traits de Didi et les transformait en un masque affreux, aussi ne prononça-t-elle pas les mots qui se pressaient sur ses lèvres.

– Pourquoi dois-tu aller si loin ? demanda Darlène en se tire-bouchonnant les cheveux. Il y a des tas d'universités à New York.

– Avec quel argent je paierais la fac sans bourse ? demanda Didi.

Elle se tut, le dos contre le vieil évier en fonte et écouta sa mère lui expliquer qu'elle pourrait travailler pendant la journée et suivre des cours du soir, comme le lui avait expliqué Mme Dodson. C'était mieux que d'aller à l'université dans l'état de Washington.

– Pourquoi, grands dieux, choisir un endroit à l'autre bout du pays ?

Didi fit volte-face et se rendit dans la chambre qu'elle partageait avec sa mère. Qu'est-ce que la directrice avait dit, déjà, au lycée ? Ah oui, que dans les années 70, on lui aurait donné une bourse sans problème car les universités cherchaient alors à enrôler plus d'étudiants noirs.

– J'ai 18 de moyenne ! s'était exclamée Didi. 18 !

– Si tu avais mieux réussi l'examen, peut-être, avait répondu la directrice en secouant la tête. Tu sais bien qu'ils prennent tout en compte.

Tout en compte ? Ils n'avaient pas pris en compte la nuit précédant l'examen. Ils n'avaient pas pris en compte Darlène disant qu'elle allait simplement faire une course à l'épicerie du coin et ne revenant pas avant l'aube. Ils n'avaient pas pris en compte Didi recherchant sa mère dans le quartier pendant toute la nuit comme cela s'était déjà produit, des années auparavant, alors qu'elle avait dix ans et Tony à peine neuf. Ils l'avaient finalement trouvée assise sur le trottoir, se parlant à elle-même, la risée d'hommes qui la montraient du doigt. Après qu'ils eurent réussi à la ramener, Tony et elle, Didi, avaient dû rester à la maison pour s'assurer qu'elle ne repartirait pas et manquer l'école une semaine.

Mme Lucas, la vieille fouine du rez-de-chaussée,

avait déclaré à Didi que sa mère n'était pas normale. Que c'était une honte qu'on lui laisse la garde de ses enfants. Comme si la fillette avait envie de rester plantée dans le hall, ses jambes brunes croisées, à écouter cette mégère affirmer que sa mère devrait être « enfermée quelque part » pour son propre bien.

– Oui madame, avait répondu poliment Didi.

Elle savait qu'il valait mieux laisser parler les gens lorsqu'on était une enfant car de cette manière, ils ne se fâchaient pas.

Elle aurait pu répondre à Mme Lucas que sa mère avait déjà été « enfermée quelque part » pendant un an, tandis qu'elle et Tony vivaient chez leur cousin. Elle aurait pu lui raconter que Tony pleurait tout le temps, mouillait son lit et qu'on le battait pour ça. Qu'ils rêvaient au retour de Darlène qui prenait alors des allures de Blanche-Neige brune, et qui les emmènerait très loin, dans une contrée extraordinaire.

La nuit avant l'examen, elle était revenue à l'aube. Son haleine sentait l'alcool, bien que Didi sache que sa mère n'était pas ce qu'on appelle une alcoolique.

– Ça va, maman ?

Didi avait pris le visage de Darlène entre ses mains et plongé son regard dans les yeux bruns et doux, étrangement vitreux pour l'heure.

– Ça va ?

– Je suis fatiguée, Didi, avait-elle répondu.

Didi l'avait aidée à se rendre dans la chambre et à s'affaler lourdement en travers du lit.

– Déshabille-toi, maman.

Sa mère n'avait pas bougé. Didi avait tiré la couverture sur laquelle elle était allongée et l'avait recouverte délicatement.

D'une façon générale, Darlène allait plutôt bien. De temps en temps, cependant, telle une éclipse occasionnelle de la lune, elle paraissait s'éloigner de ce monde par l'esprit sinon par le corps. Elle devenait alors très bizarre, une autre personne, une femme que Didi avait du mal à reconnaître. Elle errait pendant des heures et même des jours d'affilée ; il lui arrivait de se blesser, de rentrer dans un mur ou de tomber comme une masse au moindre obstacle. Mais toujours elle restait femme, ce qui la rendait encore plus vulnérable. C'est ainsi d'ailleurs que Didi avait pris conscience de sa propre féminité.

– Ce n'est pas la fin du monde, ma grande, avait déclaré sa mère lorsque Didi avait reçu la lettre de l'université de l'État de Washington, l'informant qu'ils regrettaient de ne pouvoir lui offrir une bourse complète mais qu'elle était néanmoins éligible pour une aide partielle.

– Pourquoi veux-tu aller à l'autre bout du pays ? avait demandé Darlène à sa fille, insistant sur le mot « pays » pour lui donner plus de poids.

Didi n'avait pas répondu. Bien sûr qu'elle se rendait compte que c'était à l'autre bout des États-Unis. N'était-ce pas justement la raison pour laquelle elle avait choisi cette fac en particulier ? Elle voulait aller très loin, se plonger dans ses études et oublier qui elle était et d'où elle venait. Elle était déjà restée trop longtemps à la maison, trop longtemps avec sa mère, serrant ses mains fragiles quand les choses allaient mal, ses doigts fins, ses bras aux veines noueuses comme des racines de sycomore. Était-ce bien elle la fille, l'enfant, et Darlène la mère ? Peut-être y avait-il eu une erreur et était-ce elle qui n'était pas « normale »...

Le jour précédant l'examen, elle y avait énormément pensé, songeant à quel point elle avait travaillé dur pour être prête. Elle rêvait d'avoir des résultats si bons que toutes les universités à travers le pays lui proposeraient des bourses complètes. Peut-être irait-elle dans l'une des plus renommées. Et elle n'avait que dix-sept ans. Cela les impressionnerait.

– Miss Johnson...

Un grand homme blanc, très distingué, s'adresserait à elle de derrière un énorme bureau.

– Je ne me souviens pas avoir vu un score aussi élevé aux examens d'entrée à l'université. Nous sommes sûrs que vous serez une excellente recrue et nous aimerions vous offrir une bourse ainsi que de l'argent de poche ici, à Vassar.

Elle avait passé le quartier au peigne fin jusqu'à deux heures du matin puis elle était rentrée. Tony était là. Elle l'avait réveillé et lui avait annoncé que leur mère avait disparu.

– Quand est-ce qu'elle est partie ? demanda Tony.

– Vers sept heures. Elle a dit qu'elle allait faire une course à l'épicerie du coin.

– Elle va revenir, dit Tony. Tu as appelé la police ?

– Tu crois que je devrais ?

– Qu'est-ce qu'ils feraient de plus ?

Tony lui tourna le dos.

Elle finit effectivement par rentrer. Vers quatre heures et demie, M. Lee frappa à la porte et prévint Didi que sa mère était en bas, dans le hall d'entrée.

– J'ai peur qu'elle ne se soit un peu salie, dit-il, gêné.

Soulagée, Didi descendit et remonta en soutenant Darlène. Cette dernière semblait aller plutôt bien mais Didi se demandait ce qui avait pu lui arriver pendant la nuit, et quelles rencontres elle avait faites.

Une fois dans l'appartement, elle vérifia si les clés de sa mère étaient toujours dans son sac. Elles s'y trouvaient mais son porte-monnaie avait disparu. Didi la nettoya et la mit au lit.

Les yeux de la jeune fille étaient rouges de fatigue et de larmes lorsqu'elle s'assoupit sur sa chaise. La sonnerie du réveil la fit sursauter. Elle regarda l'heure : six heures et demie. Elle se rendit dans la salle de bains et se lava. L'examen ne commençait pas avant neuf heures mais elle n'osa pas se rallonger de peur de ne pas se réveiller à temps. Elle prépara du café et attendit jusqu'à sept heures et demie pour réveiller Tony.

– Pas question, dit-il. J'ai des choses à faire.

– Des choses qui sont plus importantes que ta mère ? demanda Didi. Quelqu'un doit rester à la maison aujourd'hui au cas où elle voudrait sortir ou si elle avait de drôles d'idées. Tu le sais bien.

– Alors reste, déclara Tony.

Il se leva. Son caleçon était troué. Didi se promit de le raccommoder à la première occasion.

– Je passe mon examen aujourd'hui, expliqua-t-elle. La prochaine session aura lieu trop tard pour demander une bourse.

– Qu'est-ce que tu veux que je fasse ? demanda Tony d'une voix étouffée depuis la salle de bains. Il y eut un bruit d'eau qui coulait.

– Reste avec elle !

– Bon, d'accord.

Il mentait, Didi savait qu'il mentait. Il sortirait avec ses copains. Il s'habillerait puis irait traîner du côté du *Starlight*. Elle lui fit jurer de rester mais elle savait que cela ne changerait rien : il jurerait et ne tiendrait pas sa promesse.

Elle pénétra dans la chambre où sa mère était étendue en travers du lit. Des images défilèrent dans la tête de Didi sur ce qui avait bien pu arriver à Darlène pendant la nuit. Elle les avait toujours présentes à l'esprit au cours de l'examen.

Darlène Johnson travaillait quand l'occasion s'en présentait. Sinon elle touchait des indemnités de chômage. Elle détestait recevoir ces indemnités, comme elle détestait recevoir quoi que ce soit de qui que ce soit. Son père, qui était pasteur, lui avait toujours dit qu'un homme qui tendait la main était moins qu'un chien. Quand le mari de Darlène l'avait quittée, elle n'avait pas tenté de le retenir. Un beau matin, il avait annoncé qu'il partait, expliquant qu'il avait besoin de plus d'espace et de liberté pour s'affirmer et tout le tralala. Elle savait qu'il allait partir. Il y avait des signes qui ne trompaient pas : les petites disputes, les soirs où il rentrait tard, le soin qu'il prenait à s'habiller et à se peigner avant de sortir. Oui, des signes qui ne trompaient pas. C'est pourquoi elle n'avait pas été surprise lorsqu'il avait fait ses valises.

– Tu ne risques pas de t'affirmer pour la bonne raison que tu n'es pas un homme, un vrai, avait-elle dit, espérant le blesser autant qu'il l'accablait.

Il était parti ce matin-là. Elle était immédiatement sortie chercher un travail et avait été embauchée l'après-midi même. Elle avait souvent raconté cette histoire à Didi et à Tony, sachant qu'elle aurait dû employer des mots moins durs pour parler de cet idiot aux yeux noisette qui l'avait abandonnée avec deux enfants à peine sortis du berceau et une sensation de froid que même les couvertures ne pouvaient enrayer.

Didi était une fille bien. Intelligente aussi. Elle travaillait le soir après le lycée et était très indépendante. Tony semblait tenir de son père, rien d'autre ne l'intéressait que d'être beau gosse. Il fréquentait un groupe de garçons qui voulaient vivre à cent à l'heure et il s'était disputé avec Didi quand il avait tenté de les ramener à la maison.

– Je ne veux pas de ces types chez nous, avait-elle déclaré. Ils fument de l'herbe, tu le sais très bien. Sous peu, tu auras toi aussi un de ces trucs au coin des lèvres.

– Est-ce que j'ai une tête à fumer des joints ? répondit Tony jetant un coup d'œil vers sa mère. Je ne suis pas fou.

« Si, tu l'es », se dit Didi pour elle-même. Elle savait que Tony fumait de la marijuana. Quand il rentrait à la maison, ses vêtements étaient imprégnés de cette odeur. Une fois, elle avait même trouvé un mégot dans un cendrier.

Elle était contre, mais elle s'était toujours convaincue qu'il y avait des choses bien pires. Par exemple, les drogués dans la rue, appuyés contre les immeubles ou assis sur les marches, la tête se balançant d'un côté à l'autre, effectuant leurs danses de mort au ralenti au beau milieu de la journée, inconscients de l'horreur dont ils étaient le témoignage vivant. L'une des premières choses que Didi allait faire serait de trouver un bon emploi et de soustraire Tony et leur mère à l'emprise du quartier. Elle les éloignerait des junkies, de la drogue, du vol et de l'odeur d'alcool bon marché qui envahissait les couloirs et se mêlait à l'air frais du matin. Elle entraînerait sa famille le plus loin possible de la pauvreté qui les rongeait nuit et jour.

Mais, lorsqu'elle rentra chez elle et trouva Tony affalé dans un fauteuil, tout bascula. Drôle... d'abord en le voyant ainsi, elle se dit qu'il était parti à la dérive, comme leur mère. Elle l'observa un moment puis se pencha carrément sur lui pour mieux l'examiner.

– Tony, ça va ?

La télévision était allumée, un feuilleton quelconque. Elle s'assit sur un pouf et se demanda ce qu'elle pouvait faire pour lui. Soudain un objet attira son attention. D'abord, elle ne le distingua pas nettement sous le papier. Mais quand elle le souleva, elle découvrit une seringue. Tony s'était piqué.

Écœurant. Elle avait envie de vomir. De dégobiller. Elle tituba à travers la pièce. Une violente douleur lui étreignait le ventre, comme si quelqu'un lui avait assené un coup plus fort qu'elle n'en avait jamais reçu. Des larmes de rage coulaient de ses yeux tandis qu'elle secouait la tête de droite à gauche. De rage. Elle s'immobilisa et contempla Tony. Il respirait sans difficulté. Elle fut reprise d'un accès de rage qui s'évanouit rapidement, englouti par un terrible sentiment de défaite.

Dans le fauteuil, il y avait Tony... et le reste. Tony, la famille, le sang, la chair, la couleur, pelotonnés morts-vivants sur le siège. C'était le cauchemar qu'elle avait toujours su là, tapi dans l'ombre. À présent, il avait dressé sa tête hideuse et mauvaise dans sa direction, prêt à lui sauter en plein visage, la provoquant avec un sourire malveillant. Il devenait franchement menaçant. Elle avait souvent pensé au cauchemar, pensé à la façon dont ses frères et sœurs de race l'acceptaient, vivaient et déambulaient avec, l'admettant ouvertement dans l'atmosphère suffocante de l'été à Harlem.

– Quelle mouche enragée a donc piqué nos enfants noirs, ces temps-ci, demandait sa grand-mère Hattie, en tirant sur la robe noire qu'elle portait jour après jour et qui tire-bouchonnait sur son corps trop dodu et flasque. De mon temps, les enfants allaient à l'église et essayaient de suivre la voie du Seigneur. Aujourd'hui, les jeunes se moquent bien du Seigneur. Tout ce qu'ils veulent, c'est s'envoyer en l'air d'une manière ou d'une autre. Les filles retroussent leurs jupes jusqu'aux oreilles lorsqu'elles se promènent, et je ne comprends pas ce que les garçons trouvent de si passionnant à se droguer. C'est une honte ce que font ces jeunes.

Didi avait envie de pleurer et de frapper Tony. Elle avait envie de lui flanquer une bonne raclée, de lui demander s'il se trouvait malin. Et il n'avait pas intérêt à répondre. Mais elle savait pertinemment que cela n'arrangerait rien. Il avait déjà des attitudes d'adulte blasé. La première fois que Didi l'avait vu traîner en compagnie de Billy « Touchy » Jenkins, elle avait deviné qu'il n'en sortirait rien de bon.

Touchy était issu de la fange. Son père battait sa femme et sa mère était l'une de ces femmes sournoises qui croient qu'elles sont irrésistibles. Ils s'étaient bien trouvés et le petit Billy Jenkins était le pur produit de leur union. Depuis qu'il était adulte, il était mêlé à des histoires de drogue. Il s'habillait bien, portait des chaînes en or autour du cou, et ne supportait pas qu'on le touche tellement il s'estimait précieux !

– Je ne comprends pas pourquoi tu fréquentes ce type, avait dit un jour Didi à Tony. D'abord, il a le double de ton âge, et il n'a rien de... tu crois qu'il est spécial parce qu'il reste planté au coin d'une rue, vêtu d'un pantalon en soie, ressemblant à une espèce de poule ?

– Je fréquente qui je veux, ça ne te regarde pas, avait rétorqué Tony.

– Bien sûr ! Tu dis que ça ne me regarde pas

parce que tu n'as rien à répondre. Touchy est prêt à tout et tu le sais parfaitement !

– Tu déblatères ces idioties parce que tu as l'esprit étroit, répliqua Tony. Tu veux rester propre et vivre comme bon te semble. Les Blancs restent propres et vivent comme bon leur semble et toi, tu trouves que c'est bien parce qu'ils se mêlent de leurs affaires de Blancs et que tu aimes ça. Touchy est propre et il se mêle de ses affaires mais tu ne l'aimes pas, un point c'est tout.

– Ah, ah ! Tu n'as pas dit qu'il était blanc comme neige.

– Je me fiche de ces histoires de différences entre Blancs et Noirs !

Tony se regarda dans la glace et enleva une poussière imaginaire de son visage qui de mignon devenait beau, plus mûr aussi.

– Il faut que je réfléchisse à une manière de m'en sortir. Toi, tu lis des livres sans arrêt, c'est ton truc. Moi, je développe ma concentration.

– Ta concentration ?

Didi reposa le fer à repasser.

– Je ne suis pas complètement idiot, ma vieille, continua Tony. Il y a des gens qui ne peuvent pas se concentrer sur ce qu'ils font. Ils sortent, font la fête, trouvent des combines et croient qu'ils s'en sortent. S'en sortir, c'est plus que ça. Et Touchy en connaît un rayon.

– J'imagine que c'est lui qui t'a mis ces idées en tête ?

À présent, Didi contemplait Tony affalé sur le fauteuil, planant après s'être injecté quelque chose. Il n'y avait aucun moyen de lui parler, de l'atteindre. Aucun. Il trouverait un truc idiot à dire, qu'il croirait très intelligent.

Didi se leva et sortit. Elle ne savait pas exactement ce qu'elle allait dire, mais elle savait à qui elle allait le dire.

– Bon, alors, en quoi consiste précisément votre déposition, mademoiselle ?

Le policier à la réception leva les yeux vers elle.

– Mon frère prend de la drogue, expliqua prudemment Didi. Elle lui est fournie par un certain Touchy Jenkins et je voudrais qu'on l'arrête.

– Vous voulez qu'on arrête votre frère ou l'autre ?

– Arrêtez-les tous les deux, quelle différence ? s'exclama Didi.

– Une grande différence, dit le policier. Tout d'abord, nous n'allons pas arrêter votre frère pour la seule raison qu'il se drogue. Si nous le faisions, nous devrions arrêter une personne sur trois dans la rue. Maintenant, si vous voulez que nous arrêtions cet autre homme...

– Touchy Jenkins ?

– C'est ça. Et bien il nous faut des preuves sérieuses. On ne peut pas appréhender les gens comme ça dans la rue.

– Il vous suffit d'aller là-bas, de surveiller ce qu'ils font et vous verrez bien leur trafic, déclara Didi.

– Vous avez des preuves tangibles ? demanda le policier. Avez-vous déjà eu affaire à cet homme personnellement ?

– Non, jamais, répondit Didi.

Elle sentait la colère monter en elle.

– Alors je vous conseille d'emmener votre frère dans un hôpital ou dans une de ces maisons spécialisées et de vous inquiéter seulement de lui. Je donnerai votre rapport et...

Le policier regarda Didi faire volte-face et s'éloigner.

– Qui est cette petite mignonne ? demanda un jeune inspecteur de police.

– Son frère est un junkie. Il suffirait de fournir des armes à tous les gens comme cette fille, de déclarer que la chasse aux trafiquants est officiellement ouverte et Harlem serait débarrassé de la drogue en une nuit.

– Elle a donné des noms ?

– Un. Je crois que l'équipe des Stupéfiants le connaît déjà mais je leur passerai le rapport.

Dans le quartier, tout le monde savait qu'il ne fallait pas prendre Touchy Jenkins à la légère. La chose essentielle qu'il avait apprise dans la vie, c'était de ne pas se laisser faire ou avoir par qui que ce soit. L'un de ses premiers souvenirs remontait à l'époque où il habitait en face de l'hôpital. Un jour, sa tante était venue rendre visite à la famille et lui avait donné cinq dollars. C'était le surlendemain de Pâques et il était le seul gamin du coin n'ayant rien reçu à cette occasion. Pas d'œufs en sucre multicolores, de lapins en chocolat ou de bonbons. Strictement rien.

– Qu'est-il arrivé à ton œuf de Pâques ? lui avait demandé tante Mavis.

– Il a tout avalé le premier jour, avait rétorqué son père, il ne nous a rien offert, ni à sa mère, ni à moi.

– Billy, pourquoi es-tu si goinfre ? avait questionné Mavis. Si je te donne un billet de cinq dollars, tu vas le dépenser en une journée ?

– Non, ma tante.

Mavis lui avait donné le billet et il l'avait gardé jusqu'à ce qu'elle aille aux toilettes et que son père le lui confisque.

– Je vais acheter un œuf de Pâques avec, avait dit Touchy, se souvenant qu'ils coûtaient moitié prix maintenant que les fêtes étaient passées. Je peux l'acheter demain ?

– Si tu arrêtes sur le champ de piailler, avait répondu son père. À présent, va jouer dehors.

Plus tard, une fois la tante partie, il avait réclamé l'argent à son père, qui lui avait alors demandé pourquoi il le lui avait donné.

– Si tu n'es pas fichu de garder ton argent, tu n'es pas un homme et tu ne mérites pas d'en avoir.

Si on n'était pas fichu de préserver sa réputation, on n'était pas un homme non plus et on ne méritait pas d'en avoir une. Et Touchy s'était fait une réputation : celle de se mêler de ses propres affaires sans se laisser marcher sur les pieds. Il était aussi régulier que les autres gros trafiquants du quartier. Il n'était jamais en retard dans ses paiements, ses comptes étaient tenus au dollar près et il était réglo dans le business et avec le patron. Il ne laissait rien filtrer et, quand il y avait un territoire supplémentaire à annexer, ses supérieurs savaient toujours sur qui compter pour s'en charger. Ils ne voulaient pas d'histoires et Touchy non plus. C'est la raison pour laquelle il n'était pas disposé à laisser une petite péronnelle mettre sa situation en péril. Non qu'elle puisse lui créer de véritables ennuis, il était inattaquable : il ne touchait à rien d'illégal, ne prenait rien d'interdit et ne manipulait quasiment pas d'argent. La seule chose qu'il portait sur lui était son permis de conduire, qui lui servait également de pièce d'identité, et dix billets de cent dollars neufs et craquants. Mais, quand les gens commençaient à vous balancer aux flics, il fallait réagir.

– Qui est cette poule ?

– La sœur de Tony. Une petite bien roulée. La peau claire, et puis elle sait causer.

– Tony ? Ce môme qui traîne dans le coin en se prenant pour un caïd ?

– Oui, c'est lui. Il est accro, maintenant.

– Trouve quelqu'un pour la brusquer un peu, qu'elle comprenne à qui elle a affaire. Mais n'allez pas trop loin. Je ne peux pas me permettre d'histoires dans le quartier.

– O.K., d'accord.

– Qu'est-ce qu'elle veut, de toute façon ?

– Elle se prend pour son ange-gardien.

– Il n'est pas copain avec Jimmy D. et Lavelle ?

– Si.

– Bon, alors que ce soit eux qui s'occupent de sa sœur.

CHAPITRE 2

Didi se lança dans sa litanie habituelle bien qu'elle sût pertinemment que Tony n'en écouterait pas un mot.

- Tu ne vis que pour te droguer...

Elle préparait des œufs et des saucisses qui cuisaient en grésillant dans la poêle.

- Si tu deviens un junkie, ton existence entière ne tournera plus qu'autour de la drogue, tu le sais, Tony...

- Je suis obligé de t'écouter ? demanda Tony. C'est le prix que je dois payer pour le petit-déjeuner ? Si c'est ça, je préfère sortir, ça me coûtera moins cher !

Didi hocha la tête d'un air entendu.

- Tu as toujours le mot pour rire mais jamais de réponse valable, hein ?

- Ferme ta gueule !

- Viens me la fermer, lança Didi en s'emparant de la poêle contenant les saucisses. Si tu en es arrivé à ce point, espèce de drogué, viens un peu me la fermer !

Tony se leva, prit la chemise qui se trouvait sur le dossier de sa chaise et se dirigea vers la porte. S'il y avait quelque chose qu'il ne voulait pas entendre, c'était bien les reproches de Didi. Il savait ce qu'il faisait. Cette fois-ci, il en avait pris un peu trop, mais il en était conscient. Et puisqu'il était parfaitement conscient de la situation, il la contrôlait. Il était justement en train de réduire les doses, de se limiter. Il s'était rendu compte de l'ampleur de son problème quand il s'était réveillé, sur un banc, dans un parc, et qu'on lui avait volé sa montre et son portefeuille. C'était une belle journée, chaude, mais il avait eu un frisson en s'imaginant, titubant et balançant la tête. Il avait déjà vu des gogos planer comme ça sur des bancs, sous des cages d'escalier ou n'importe où, là où ils parvenaient à trouver un coin d'ombre ou à s'inventer un abri dans leur esprit, le temps que le « flash » arrive. Il avait songé à tout arrêter d'un coup, accepter l'agonie du manque mais ça n'avait pas marché. Il s'était dit et répété ce qu'il allait faire et puis quand le moment arrivait... quand le moment arrivait, il chauffait la poudre et cherchait une veine en se promettant qu'au moins il n'en viendrait jamais au point d'en avaler.

Et puis il s'était convaincu qu'il allait essayer de diminuer les doses, un peu moins à chaque fois. Il ferait bien attention et mesurerait soigneusement la quantité qu'il absorbait en la réduisant régulièrement. Ça ne serait sûrement pas facile non plus mais c'était un premier pas. De toute façon, il ne s'attendait pas à ce que ce soit facile.

Aussi il ne voulait sous aucun prétexte entendre les sermons de Didi. Toutes les idioties dont elle l'abreuvait n'avaient pas de sens car il les avait déjà entendues mille fois. Il allait progressivement perdre l'habitude, redescendre sur terre et ensuite, il deviendrait un homme d'affaires pur et dur. Il utiliserait son expérience de la vie pour être régulier, honnête et réussir.

Didi était cool. Et elle l'aimait bien. Sa sœur était sans doute la seule personne au monde éprouvant une réelle affection pour lui. Quelquefois, quand les choses allaient bien, sa mère était cool, elle aussi. Mais ce n'était pas la même chose qu'avec Didi. Didi était un vrai roc. Et elle ne lui voulait que du bien, en toutes situations. C'était du moins ce qu'il pensait avant de découvrir qu'elle avait balancé Touchy.

– Bon sang, pourquoi tu as fait ça ? avait-il demandé. Pourquoi tu as fait ça ? Partout dans la rue, on raconte que tu es allée chez les flics et que tu as balancé Touchy !

– Ce que je voudrais faire, c'est lui balancer une tonne de briques sur la tête pour qu'il déguerpisse d'ici ! répliqua Didi.

– Attends un peu ! dit Tony saisissant Didi par le bras. Tu es folle ou quoi ? Touchy n'est pas comme ces acteurs à la télé, il ne joue pas ce genre de petit jeu.

– Ah bon ! Et à quoi joue Touchy ?

Didi se dégagea vivement de l'emprise de son frère.

– Regarde-toi un peu cherchant fébrilement une veine pour y planter une aiguille et dis-moi à quoi joue Touchy !

Tony avait peur. Il se souvenait de la fois où Eddie de Jesus avait essayé de jouer au plus malin avec Touchy, environ un an auparavant. Juste après, on l'avait retrouvé mort d'une overdose sur un toit. Les journaux avaient simplement dit qu'on avait découvert son corps, mais dans le quartier, le bruit courait que Touchy lui avait rendu la monnaie de sa pièce.

Tony ne savait pas comment réagir. Peut-être se faire oublier pendant un certain temps... Non, ce n'était pas une solution. Il fallait jouer cartes sur table. Lorsqu'il apprit que la voiture de Touchy était dans le coin, il sortit. Au grand jour, sous les regards curieux qui le dévisageaient. Carlos, le bras droit de Touchy, était adossé contre la portière. Il le vit se pencher et chuchoter quelque chose à l'intérieur du véhicule.

– Qu'est-ce qui se passe ? demanda Tony.

– C'est à toi de me le dire.

Carlos ne lui jeta pas l'ombre d'un coup d'œil. Un cure-dents dépassait de ses lèvres.

– Il faut que je discute avec Touchy.

– Vas-y.

– Salut, Touchy.

Tony se pencha et regarda par la vitre. Touchy était installé sur la banquette arrière de la Lincoln ; son complet en soie bleu clair faisait chic et semblait assorti au tissu bleu marine des sièges.

– Je voulais juste te prévenir. C'est au sujet de ma sœur, Didi, tu la connais ?

Touchy ne répondit pas.

– Et bien elle est allée raconter des bêtises aux flics, continua Tony. Tu vois ce que je veux dire ?

– Oui, dit Touchy. Mais toi, tu vois ce que JE veux dire ?

– Qu'est-ce que tu dis ? demanda Tony.
– Tu ne devines pas ce que j'en pense ?
– Non. Je voulais simplement te prévenir.
Tony s'éloigna de la voiture, d'une démarche empruntée, évitant les lézardes du trottoir ; le regard de Carlos lui transperçait le dos. Tout allait s'arranger. Les choses finissaient toujours par s'arranger dans la rue.

– Qu'est-ce que Touchy a dit ? demanda Reggie à Lavelle.
– Il a dit de lui donner une leçon, répondit Lavelle. La première chose qu'elle doit savoir, c'est que les flics sont venus en personne voir Touchy pour lui dire qu'elle l'avait balancé. Quand elle saura ça, il faut qu'elle en bave un peu.
– Il veut qu'on l'arrange une bonne fois pour toutes ? s'enquit Reggie.
– Non, seulement qu'elle le sente passer.
Jimmy D. sirotait une bouteille de coca.
– Moi, ce que j'en pense, puisqu'on doit lui donner une leçon, c'est qu'on peut aussi bien se faire un petit plaisir.
– Touchy est d'accord ?
– J'lui ai pas demandé, répondit Jimmy D., mais il ne tient pas spécialement à ce qu'on la ménage puisqu'il veut qu'on lui fasse goûter du couteau, quelques estafilades quoi !
– Tu dis qu'elle passe par ici vers quatre heures ? questionna Reggie.
– Ouais. On pourrait la traîner dans l'entrée,

peut-être même sur le toit. Comme ça, si elle se débat, on la menacera de la jeter en bas.

– Pourquoi est-ce qu'elle se débattrait ? On est trois et elle est seule, dit Reggie. Pas étonnant que tu aies besoin d'un coup de pouce si tu crois ça.

– Moi, j'aurais obligé Tony à lui filer une bonne raclée, dit Jimmy D. C'est sa sœur après tout. Et puis en plus, s'il était cool, elle ne l'aurait pas vu se shooter pour commencer.

– C'est elle qui arrive là, non ?

Motown vit la fille tourner au coin de la rue et les trois garçons l'encercler. Au début, il crut que c'était une blague, un jeu, mais soudain l'un d'eux la frappa violemment au ventre. Motown sentit quelque chose se nouer en lui, pourtant il ne bougea pas. Il observait la scène. Ils lui avaient coincé les bras derrière le dos et ils essayaient de la pousser dans l'immeuble en face du sien.

S'il ne l'avait pas déjà vue dans le quartier, ne se mêlant que de ses propres affaires et restant à l'écart, il se serait peut-être éloigné. Ou s'il n'avait pas connu ces types. Il n'était pas un héros. Il n'aimait pas fourrer son nez dans les histoires des autres.

Il se dirigea vers eux. Peut-être qu'en le voyant s'approcher, ils lâcheraient la fille et déguerpiraient. Il marchait au beau milieu du trottoir afin qu'ils le voient arriver. Mais ils l'avaient déjà poussée à l'intérieur de l'immeuble.

Motown pénétra dans le hall du bâtiment et les aperçut au bas de l'escalier. Deux d'entre eux tentaient de la forcer à monter. Le troisième avait une main sous sa robe.

Motown était encore en train de se demander ce qu'il allait faire qu'il frappait déjà. Il attrapa l'un des garçons par la joue, celui qui avait la main sous la robe de la fille. L'entrée sombre qui sentait l'urine fut soudain envahie par des relents de peur ; trois contre un, cela peut faire peur. Il frappa encore et atteignit le second type. À ce moment, le troisième posa sa grosse main sur le visage de Motown et le repoussa contre le mur. Sa tête vint le heurter violemment. Il y eut un instant de confusion - une seconde entière ?- et un autre coup fit mouche. Motown leva le pied et décocha une ruade au hasard. Il perçut un grognement. Il se dégagea en direction de la porte, réalisant que quelqu'un le tenait par la taille et aussi qu'il n'était pas sérieusement touché. Il lança un nouveau crochet, d'un ample mouvement d'épaule et son poing atterrit juste entre deux yeux grands ouverts.

Il recommença, sans succès cette fois tandis que les bras autour de sa taille le soulevaient du sol. Ça devait être Reggie ! Motown lui planta le pied dans le genou et tendit la jambe. Les bras relâchèrent leur étreinte.

Motown entendait les cris de la fille. L'espace d'un instant, par-dessus le dos de l'un, alors qu'il essayait d'empoigner la figure de l'autre, son visage se retrouva à quelques centimètres du sien.

Il y eut des bruits de pas derrière lui. Il se retourna à temps pour voir l'un des garçons filer vers la porte qui donnait sur la rue. Motown s'arc-bouta contre le mur. Lavelle était tombé et tentait de se relever. Peut-être était-ce Motown qui l'avait envoyé à terre. Il lui lança un nouveau coup de pied derrière les genoux. Lavelle se redressa tant bien que mal et se précipita vers la rue, moitié courant, moitié boitant. Suivi par la fille, les yeux écarquillés, la bouche ouverte, prête à pousser le cri qui était resté au fond de sa gorge, s'échappant aussi vite que possible de la scène de terreur qui régnait dans le hall.

Il ne restait plus que Reggie et lui. Reggie était toujours derrière lui, essayant de passer le bras autour de son cou. Motown l'attrapa par la nuque, saisit une épaisse poignée de cheveux et tira. Reggie lâcha prise, fit un pas de côté et lança un coup de poing dans le ventre de Motown. Ses doigts se heurtèrent à un corps d'acier. Dur. Trop dur. La vie était rude et il ne pouvait pas se permettre d'être faible. Il fallait être fort. Faire des centaines de millions de pompes et d'exercices de musculation dans l'obscurité de sa chambre chaque soir parce qu'on ne pouvait pas se permettre d'être faible dans ce monde. Faire des abdominaux jusqu'à épuisement, jusqu'à ce qu'on s'endorme sans réfléchir, sans revivre un seul instant de son existence passée ou craindre celle à venir.

Trop dur. Motown était trop dur pour que Reggie parvienne à lui faire mal. À une époque, cela aurait été possible, Reggie aurait pu le trouver sans défense et seul au monde, redoutant l'idée même du lendemain et de ce qu'il lui réservait. Mais plus maintenant.

Motown frappa Reggie de toutes ses forces. Ce dernier respirait bruyamment, essayant de se protéger. À présent, ils étaient face à face. Reggie le dévisageait. On lisait l'étonnement dans son regard. Plus tard, quand le cœur se serait ralenti, quand l'esprit aurait cessé de paniquer, il y aurait la douleur de la chair, mais pour l'instant, il n'y avait que l'ahurissement. Reggie dévisageait Motown. Il connaissait ce visage. Il le connaissait sans le reconnaître. Il recula en titubant vers la porte. Qui que soit ce garçon, debout, là, dissimulé dans la pénombre du hall, maître de l'obscurité qui l'enveloppait, il était trop dur.

Respire encore, se dit Motown. Marche doucement dans le couloir, vers la fraîcheur de cette fin d'après-midi. Est-ce que quelqu'un l'attendait dehors pour reprendre la bagarre ? Quelle importance ? Il se dirigea vers la porte. Une odeur de sang séché flottait à ses narines. L'air était frais. Une légère brise lui caressa la joue. Il vérifia que les boutons de sa chemise étaient fermés en laissant courir son index le long de sa poitrine. Sa respiration était presque normale. Son pouls avait ralenti. Il scruta les environs et vit des gens déambuler, occupés à leurs propres affaires. Motown jeta un nouveau coup d'œil dans la rue puis la traversa lentement vers son immeuble.

Didi se précipita dans la salle de bains. Elle se regarda dans la glace sans se reconnaître. Ses mains tremblaient toujours. Oh, mon Dieu, elle se sentait si sale. Elle avait envie de prendre un bain mais ne voulait pas retirer ses vêtements. Elle était sûre d'avoir fermé la porte à clé et mis la chaîne de sûreté mais elle alla revérifier. Sa mère n'était pas à la maison, Tony non plus. Elle fit couler l'eau et commença à se laver. Elle n'arrivait pas à pleurer. Elle en mourait d'envie mais elle n'y arrivait pas. Elle se sentait sale, presque honteuse d'elle-même.

C'était à cause de ce qu'elle avait dit à la police au sujet de Tony, qu'il prenait de la drogue et que Touchy était un dealer. C'était à cause de ça. Ils le lui avaient recraché au visage. Riant d'elle parce qu'elle avait cru, l'idiote, que la loi la protégerait.

Et puis ils l'avaient traînée dans cet immeuble.

– Vous feriez mieux de retourner dans les jupes de vos mères ! avait-elle déclaré.

L'un d'eux l'avait saisie par les cheveux. Elle luttait pour se libérer, les mains derrière le dos, pliée en deux, poussée de force vers l'escalier. Elle sentit soudain une main se glisser sous sa robe. Elle tenta de se dégager. Panique. Elle ne parvenait pas à dominer la panique qui s'emparait d'elle. C'était bien réel : on la poussait, on la tirait et on la frappait. C'était réel et irréel à la fois, un mauvais rêve, un cauchemar. Deux d'entre eux la giflaient et le troisième, véritable animal, cherchait à atteindre ses parties intimes, à saisir son âme dans la pénombre. Et elle était trop effrayée pour réagir.

Dans la baignoire, elle sentit sa colère monter. Elle était furieuse, folle de rage. Elle frotta avec acharnement le moindre centimètre de peau qu'ils avaient touché. Ses genoux. Sa cuisse à s'en faire rougir. Ses bras. Elle haïssait comme elle n'avait jamais haï auparavant. Une haine qui glissait à fleur de peau et lançait des ondes à travers son corps. Une haine qui envahissait le moment présent autant que sa mémoire. Elle prendrait un couteau de cuisine et irait arpenter les rues jusqu'à ce qu'elle trouve Touchy. Quand elle le repérerait, elle deviendrait hystérique, volant à travers la chaussée. Non, elle hurlerait à travers le temps et l'espace, sirène gémissante, un cri horrible et perçant qui poignarderait Touchy en plein cœur et le désintégrerait.

Ils la détacheraient du corps agonisant de Touchy, transformé par sa main en une masse informe. Ils la jugeraient et l'enverraient en prison. Elle resterait stoïquement assise dans sa cellule pendant des années sans prononcer un mot. Et puis ils la laisseraient sortir. Les cheveux blancs, toute flétrie et ridée à cause de son grand âge. Elle lirait quelque part un article sur un homme qui se serait sorti du ghetto bien qu'étant le fils du dealer tristement célèbre, Touchy Jenkins, et qui mènerait désormais une existence honnête et paisible avec sa famille à Riverdale. Elle irait le tuer et retournerait en prison où elle prierait de vivre assez longtemps pour ressortir et tuer également le fils du fils de Touchy.

Ce n'était pas vrai. Elle savait bien que ce n'était pas vrai. Elle était incapable de tuer qui que ce soit. Si Touchy avait été présent, elle aurait sans doute voulu le tuer, mais à cet instant, assise dans la baignoire, sa rage était surtout dominée par un sentiment de frustration.

– Les flics ont raconté à Touchy que tu étais allée le balancer au commissariat, avait déclaré l'un d'eux. Tu crois donc qu'il n'est pas au courant de TOUT ce qui se passe sur son territoire ? Tu crois ça, hein, morveuse ?

L'eau était froide. Elle sortit de la baignoire. Elle se sentait toute courbatue maintenant, et elle avait un énorme bleu sur la hanche. Elle était affreuse. Elle enfila une chemise et un jean propre. Puis elle prépara du thé. Il y avait deux cafards près de la poubelle. Des larmes lui montèrent aux yeux. Elles semblèrent remplir la pièce et repousser les murs. Mais elles ne coulèrent pas aussi longtemps qu'elle l'aurait cru. Comme le jour où elle avait appris qu'elle ne recevrait pas une bourse complète et que par conséquent, il y avait de grandes chances qu'elle ne puisse pas aller à la fac. Non, elle ne pleura pas aussi longtemps qu'en cette occasion-là. Peut-être avait-elle épuisé son stock de larmes...

Un peu plus tard, lorsque Didi réfléchit à ce qui s'était passé dans le hall d'entrée de l'immeuble, elle se souvint de l'ombre qui était soudain apparue. Quelqu'un. Une ombre parmi les ombres. Elle se rappela l'avoir vue se battre contre ses agresseurs... Se remémora la seconde où elle s'était retrouvée à ses côtés, poussant à deux l'un des garçons qui la rivait contre le mur quelques instants plus tôt. Elle s'était enfuie à la première occasion, elle s'était précipitée vers la sortie, laissant derrière elle le garçon au beau milieu des grognements, des gémissements et des coups. Que s'était-il alors passé ? Avait-il été battu ? Tué ? Qui était-il ?

Elle essaya de se souvenir... Une minute. D'un coin sombre et éloigné de sa mémoire, elle le resitua. Elle l'avait déjà vu dans la rue, seul. Rasant toujours les murs, une habitude que n'ont pas les gens honnêtes, songea-t-elle. Qui était-il ? Un autre zéro ? C'est ainsi qu'elle surnommait les personnes qui passaient de l'innocence et de la magie de l'enfance au néant : des zéros. Des adolescents qui traînaient dans la rue, attendant que rien ne se passe, posant leurs pièges pour mieux attraper le moment, le ponctuant en abusant d'eux-mêmes ou en maltraitant un semblable.

Avec qui l'avait-elle vu discuter ? Avec Tutmose, le garçon qui vendait les journaux au coin de la rue. C'est ça, elle l'avait vu discuter avec Tutmose. Elle songea à aller le voir, pour lui dire un mot ou deux peut-être. Pas merci car elle ne connaissait pas ses motivations réelles. Elle ignorait quelle bête sauvage était tapie dans sa poitrine ou ce qui l'avait attiré dans le hall. Mais pas ce soir. Ce soir, elle resterait tranquillement chez elle à se lamenter sur son propre sort. Demain matin, s'il était encore vivant, il serait toujours temps de le chercher.

Elle ne dormit guère cette nuit-là. Cinq minutes par-ci, dix minutes par-là, un trou, le noir, interrompu brusquement, se retrouvant dans la réalité d'un présent effrayant, sursautant au moindre bruit, un craquement, un cliquetis dans la ruelle entre son immeuble et celui d'à côté. Un coup de klaxon et Didi songeant : mon Dieu, je mérite mieux que ça. Mieux que ça. Elle se l'était souvent répété par le passé mais soudain elle n'en était plus aussi sûre.

Tony rentra en catimini à la maison. Il avait appris ce qui s'était passé.

« Oh et puis peut-être que c'était cool dans le fond, avait-il tenté de se convaincre. Peut-être que Didi avait besoin d'une bonne leçon pour apprendre à ne plus fourrer son nez dans les affaires des autres. »

Il se déshabilla en silence et dans le noir, ne voulant pas la voir ni qu'elle le voie. Il avait une dose sur lui. Il tenta sa chance et la fit chauffer dans sa chambre, espérant que Didi ne sentirait rien. Il contempla le liquide aspiré par la seringue qu'il s'enfonça ensuite dans une veine. Puis il s'étendit sur son lit. Le « flash » ne fut pas très intense. Il savait que ce serait ainsi mais au moins le malaise était passé. Non qu'il se sentît très bien, mais pour le moment en tout cas, il ne ressentait plus aucune douleur. Il regarda la lumière verte et terne vaciller à travers la vitre tandis qu'il s'assoupissait lentement.

Le lendemain matin, Didi enfila un jean, un débardeur et des baskets. S'ils l'agressaient à nouveau, elle serait prête cette fois. Elle essaya de ranimer sa colère, sans succès, mais elle n'avait pas peur non plus. Non, elle n'avait pas peur.

Elle songea un instant aller au cinéma, histoire de changer de quartier et de prendre l'air. Elle sortit de sa chambre. Tony était debout devant la cuisinière. Il se faisait des œufs au plat. Elle voulait se préparer du thé mais en voyant son frère, elle changea d'avis.

– J'ai appris que tu avais eu des ennuis, hier.

Tony lui jeta un coup d'œil avant de détourner rapidement le regard.

– Ne m'adresse pas la parole. Pas un mot. Surtout pas un mot, répliqua-t-elle.

– Hé ! Ne rejette pas tous tes problèmes sur moi, ma vieille !

– Tais-toi, Tony, tais-toi !

Tony balbutia quelque chose puis un silence de plomb s'installa entre eux. Il éteignit le gaz sous les œufs et les contempla brièvement avant de retourner dans sa chambre.

Didi s'approcha de la cuisinière, finit de les cuire, les mit dans une assiette et les avala. Tony savait qu'il agissait comme un idiot. Il n'était pas bête, il savait qu'il avait tort. Elle se remit à pleurer et s'en voulut de ses larmes, de sa faiblesse, du tremblement incontrôlé de ses mains. Elle n'avait aucun respect pour tout signe de faiblesse. Cela n'aidait en rien à se tirer d'un piège. Car c'était bien un piège dans lequel elle se trouvait. Un piège de drogue et d'indifférence avec des gens qui semblaient avoir perdu toute humanité.

Elle finit les œufs, alla vérifier que sa mère dormait toujours puis sortit sans dire au revoir. Elle descendit l'escalier et se rendit au carrefour où Tutmose vendait les journaux. Elle lui demanda qui était le garçon qui l'avait aidée.

– Je crois qu'il vit dans de vieux immeubles abandonnés. Il a la peau foncée, très, très foncée. Des épaules larges. Je t'ai déjà vu discuter avec lui, expliqua-t-elle.

– Tutmose discute avec beaucoup de gens. De qui parles-tu ? De qui parles-tu ? répéta à deux reprises Tutmose.

– Je ne connais pas son nom. Il ne traîne pas souvent dans la rue. Il est toujours seul.

– Tu parles de Motown. C'est lui. C'est Motown. Tout le monde parle de Motown. Il s'est bagarré avec des gars de la bande à Touchy. Il paraît qu'il a bien amoché ces saligauds.

– Tu sais où il habite ?

– Oui, mais tu connais Tutmose quoi, je suis son copain. Je ne sais pas. Pourquoi tu veux le voir ?

– Ça ne te regarde pas. Tu sais où il est ou tu ne sais pas où il est en ce moment ? demanda Didi en se carrant devant Tutmose pour qu'il comprenne que c'était sérieux.

– Là-bas. Au 317.

– Tu en es sûr ?

– Sûr et certain. Pourquoi est-ce que je raconterais des bobards ?

Didi fit volte-face et descendit la rue. Elle savait où se trouvait le 317. Avant, c'était un bel immeuble. Rempli de jeunes familles noires. Des amis à elle y avaient habité à une époque. On avait parlé à un moment de rénover l'immeuble, au lieu de quoi, on l'avait juste abandonné comme bon nombre de choses à Harlem, murs et existences. Elle se dirigea vers le 317 la tête haute, non qu'elle se sentît très audacieuse mais plutôt pour dissimuler la peur qui lui tenaillait le ventre. Ce qui lui était arrivé dans le hall était encore récent. Elle s'attendait à tout instant à ce qu'ils reviennent et l'agressent à nouveau. Ce qui s'était passé lui avait noué les entrailles et laissé une sensation de faiblesse, d'impuissance.

L'escalier du 317 était encore en bon état. Des journaux gisaient çà et là ainsi que de vieux mégots. Les couloirs sentaient l'urine. Elle monta au premier étage, à l'affût du moindre bruit, faisant volontairement un raffut du diable afin que le garçon l'entende arriver s'il était là.

Il était là.

– Qu'est-ce que tu veux ?

Il était debout dans le couloir, près d'une porte entrouverte, une main devant lui, le pouce coincé dans sa ceinture, et l'autre dans le dos.

– C'est toi qui étais dans le hall hier, hein ? demanda Didi.

– Oui, répondit Motown.

– Je suis venue te remercier, reprit Didi, immobile sur le palier.

– Oh, fit Motown. Il y eut un silence. Pas de quoi.

– Tu... tu habites ici ? continua Didi, sentant que ses remerciements ne suffisaient pas.

– Parfois.

– Là ?

– Oui.

Motown se détendit et Didi vit qu'il avait une batte de base-ball à la main.

– Pourquoi ?

– Pourquoi est-ce que j'habite ici ?

– Non. Pourquoi est-ce que tu es entré dans le hall, hier ?

– Je ne sais pas.

Didi s'approcha de l'endroit où se trouvait Motown et regarda par-dessus son épaule à l'intérieur de l'appartement. Il était meublé, probablement de bric et de broc. Le plancher était propre. Le portrait d'un chevalier noir était suspendu au mur.

– Je peux visiter ? demanda Didi.

Motown haussa les épaules et rentra dans la pièce.

– Ce n'est pas grand-chose, dit-il. Je pense sérieusement à l'arranger ou même peut-être à déménager. À trouver un vrai appartement.

Didi lui emboîta le pas. Une fois à l'intérieur, elle se rendit compte que c'était affreux. Elle n'aurait jamais imaginé que quelqu'un d'aussi jeune que ce garçon puisse vivre dans un tel endroit.

– Je m'appelle Didi, Didi Johnson, se présenta-t-elle.

– Moi... moi, c'est Frank mais tout le monde m'appelle Motown.

– Qui ça tout le monde ?

– Tout le monde. Je ne parle pas à beaucoup de gens.

– Je sais, acquiesça Didi. Je t'ai déjà aperçu dans le quartier.

– Moi aussi.

– Je te remercie sincèrement d'être venu à mon secours, hier. J'espère que les choses en resteront là. C'était très courageux de ta part.

– Pas de problème.

– Pourquoi habites-tu ici ?

– C'est aussi bien qu'ailleurs, répondit-il.

– Tu as fait une fugue, ou un truc de ce genre ?

– Plus ou moins, reprit Motown. Mes parents sont morts sur un ferry. Un incendie. On n'a jamais retrouvé le corps de mon père. Ensuite, j'ai été placé chez des parents nourriciers.

– Qu'est-ce que c'est que ça ? Des familles qui sont payées pour s'occuper de toi ?

– Ouais.

– Pourquoi tu habites ici, maintenant ?

– Je ne pouvais pas supporter l'idée d'une nouvelle famille.

– Tu... tu aimes cet endroit ?

– C'est pas mal, rétorqua Motown sur la défensive. Des tas de gens vivent dans des conditions bien pires.

– Je ne voulais rien insinuer, dit-elle.

– Alors pourquoi en parles-tu ?

– Comme ça, comme ça. Bref... je suis venue te remercier.

– Oui. Pas de quoi.

Motown détourna les yeux.

– Tu... tu as besoin de quoi que ce soit ?

– Qu'est-ce que tu veux dire ?

– J'ai cinq dollars.

– Je n'ai pas besoin de tes cinq dollars. Va te faire voir avec tes cinq dollars.

– Bon. Très bien. Merci et salut, dit Didi.

– C'est ça.

Elle fit demi-tour et sortit précipitamment dans le couloir sombre. Elle avança à tâtons en se tenant à la rampe. Elle perçut les grattements des souris qui filaient à toute allure. Soudain il y eut de la lumière. Elle leva les yeux. Il était sur le palier et l'éclairait avec une lampe de poche.

– Il y a des bouts de ferraille sur les marches, dit-il. Fais attention.

– D'accord, répondit-elle, et après un silence, merci.

Motown retourna dans sa chambre et songea à cette fille. Il n'avait guère repensé à la bagarre dans le hall. Ce n'était pas la première fois qu'il était mêlé à une histoire de ce genre. Ces types embêtaient Didi et il lui avait donné un coup de main. Didi. C'était sympa de sa part d'être venue le voir mais il s'était senti plutôt gêné. Il ne voulait pas qu'elle le voie comme ça. Non que son opinion ait une telle importance à ses yeux mais il aurait aimé avoir un appartement mieux. Elle se serait alors dit en partant : « Il vit seul mais dans un endroit super. » Et puis ensuite, peut-être qu'elle aurait rêvé à lui toute la journée. Tandis que là, elle se dirait qu'il n'était qu'une espèce de minable. Elle était venue lui offrir cinq dollars. Pourquoi avait-elle fait ça ? Elle n'était pas obligée d'agir ainsi. Il n'était pas un minable. Peut-être qu'il n'attendrait même pas d'avoir plus d'argent de côté pour se trouver un véritable appartement. Peut-être qu'il irait en chercher un sur-le-champ.

Il détailla la pièce autour de lui. Les livres d'histoire africaine que le Professeur lui avait donnés étaient dans un coin. Il aurait aimé qu'ils ne soient pas rangés pour qu'elle les aperçoive. Il la rencontrait parfois quand elle allait au lycée, croulant sous les livres. Si elle avait vu les bouquins que lui avait donnés le Professeur... Oh, tant pis, de toute façon elle était partie maintenant. Elle regrettait sans doute déjà d'être venue. Et que ce soit lui qui soit venu à sa rescousse. Des tas d'autres types l'auraient défendue de la même façon car elle était plutôt pas mal. Pas mal du tout même.

Motown essaya de se mettre à la place de Didi, de voir ce qu'elle avait vu. Il n'aima rien de ce qu'il contemplait. C'était la première fois qu'une fille lui rendait visite. Il aurait dû prévoir son éventuelle venue. Il aurait pu alors arranger un peu les choses ou en tout cas mettre les livres en évidence.

Didi marchait dans la rue lorsqu'elle les aperçut sur le trottoir d'en face, devant chez le coiffeur, en train de discuter avec Carlos. Elle traversa et pénétra dans l'échoppe. Touchy était installé sur un fauteuil. Carlos était entré derrière elle et se tenait suffisamment près pour intervenir si elle tentait quoi que ce soit. Touchy se faisait couper les cheveux.

– Hé, toi ! s'exclama Didi d'une voix sifflante à travers ses dents serrées. Pourquoi est-ce que tu n'ordonnes pas à ton ami, là, de me rosser à nouveau ?

– De quoi parles-tu, fillette ?

Touchy jeta un coup d'œil à Carlos.

– Tu sais très bien de quoi je parle. C'est toi qui as dit à ces types de me flanquer une raclée dans l'immeuble.

– Je ne sais pas de quoi tu parles. Mais si des gens te cherchent des ennuis, c'est sûrement que tu leur en cherches aussi, déclara Touchy.

– Alors il vaut mieux que tu leur dises de me rosser à chaque fois qu'ils me rencontrent, car si je vois Tony avec quoi que ce soit, quoi que ce soit que tu lui aies repassé, j'essaierai de toutes mes forces de faire des histoires. Tu comprends ça ? Hein, tu comprends ?

– Il vaut mieux que tu dégages, fillette, avant qu'on ne t'abîme pour de bon, répondit Touchy.

Carlos se pencha vers Didi.

– Tu ferais mieux d'obéir au monsieur, dit-il.

– J'ai entendu dire qu'un jeune et preux chevalier avait volé à ton secours et t'avait sauvée, reprit Touchy. Mais tu sais, il ne sera pas toujours là au bon moment. Alors si j'étais toi, j'éviterais de me remettre dans une situation qui m'attire des ennuis. Tu saisis ?

– J'espère que TOI, tu m'as compris, rétorqua Didi.

Carlos la poussa brutalement vers la porte. Elle leva les yeux sur lui. Grand, le visage en lame de couteau, il portait une boucle d'oreille à l'oreille gauche. Il lui décocha un sourire mauvais. Un sourire suffisant qui affirmait sa supériorité sur elle quoi qu'il arrive. Elle sortit de chez le coiffeur. Elle avait la nausée tandis qu'elle marchait dans la rue. Carlos avait raison. Lorsqu'il lui ricanait à la figure, comme si elle n'était qu'un jouet, il avait raison. Comparée à lui et sans l'aide de la police, elle n'était qu'un jouet avec lequel on s'amusait quelque temps avant de le jeter.

CHAPITRE 3

Dans la rue, on disait que Tony et Touchy s'étaient réconciliés, que leur différend était de l'histoire ancienne. C'est ce que Tutmose racontait à Motown lorsque Didi arriva près d'eux au carrefour. Motown sourit à Didi mais elle passa son chemin, perdue dans ses propres pensées, sur le qui-vive comme à chaque fois qu'elle sortait depuis l'incident de l'immeuble abandonné.

– C'est toujours la même chose, disait Tutmose. Un jour ils sont ennemis et le lendemain ils sont frères. Touchy a même donné à Tony de la méthadone pour qu'il puisse décrocher un peu.

– Ah ouais ?

– Tu as trouvé un appartement ?

Tutmose plia un journal et le tapa contre sa jambe.

– Je ne cherche plus, dit Motown. J'ai été tenté un moment, mais dans le fond, je ne suis pas pressé.

– C'est pas facile, reprit Tutmose. Tu sais à quoi je pensais ? Je pensais qu'on pourrait louer un appart ensemble, toi et moi, et partager le loyer.

– On verra, répondit Motown.

– Bon, tu veux le journal ?

– Peut-être plus tard, dit Motown en s'éloignant, si tu ne les as pas tous vendus.

Motown aimait bien Tutmose. Il le connaissait depuis des années et savait qu'il avait le cœur sur la main. Tutmose s'amusait à copier les acteurs qu'il avait vus à la télé. Motown se souvenait l'avoir trouvé un jour en train de fumer la pipe. Il lui avait demandé pourquoi et Tutmose lui avait expliqué qu'il avait vu un type le faire dans une émission et que ça lui donnait l'air « vraiment cool ». À la télé, personne n'avait faim ou n'était sans logis. Et il paraissait normal à Motown que tout le monde ait un foyer et assez à manger.

Tutmose était grand et fort mais il était lent. Très lent. Quelquefois, quand Motown se mettait à discuter sérieusement, Tutmose ne comprenait pas ce qu'il racontait. Alors il souriait simplement et affirmait qu'il était parfaitement d'accord avec lui. Motown ne connaissait pas la plupart des choses qu'on lit dans les livres, sauf sur l'histoire des Noirs, mais il n'était pas lent. Il lisait couramment, savait compter et calculer. Et pour les choses importantes, les choses essentielles, il pouvait toujours aller demander au Professeur.

– Le temps n'est pas fait pour s'étirer en longueur comme c'est le cas, disait Olivier Harris, surnommé le Professeur. Le temps est fait pour passer à toute allure, pour voler comme les ailes du colibri. Les ailes du colibri battent si vite qu'on ne les voit pas bouger. On ne discerne qu'une tache floue là où elles sont censées se trouver. La vie, c'est pareil. Il faudrait la vivre si pleinement, si formidablement que le temps ne serait qu'une tache floue, une masse indistincte de jours, de semaines et de mois. Qu'est-ce qui ralentit les jours, à ton avis, Motown ?

– Je ne sais pas.

– C'est le mal qui les ralentit, déclara le Professeur. Le mal étire le temps en longueur et le rend douloureux. Tu n'as jamais remarqué à quel point le temps file vite quand on est heureux ? C'est parce que le cœur ne contient alors aucune malice qui le ralentisse.

– Je comprends ce que vous voulez dire, acquiesça Motown en buvant à petites gorgées l'infusion que le Professeur avait préparée.

– Bon, raconte-moi un peu ce que tu deviens ces temps-ci, jeune étalon ? demanda le professeur. Tu as fait des progrès ?

– Je ne sais pas. J'ai lu le livre sur Marcus Garvey que vous m'aviez donné. J'aurais bien aimé le rencontrer.

– Jeune comme tu l'es, tu aurais probablement été déçu.

Le Professeur souleva sa tasse jusqu'à son nez et huma le thé.

– Les jeunes veulent toujours que leurs héros soient plus grands que nature au lieu d'être simplement pleins de vie. J'espère que tu ne te bagarres plus ?

– Non, dit Motown en souriant. Le soleil éclairait le bas de son visage. Les choses se sont nettement calmées dans le quartier. Touchy et Tony sont à nouveau copains.

– Réexplique-moi un peu tout ça, mon garçon. Le Professeur se pencha en avant. Ce Touchy est un trafiquant, n'est-ce pas ?

– Oui, répondit Motown. Et la sœur de Tony est allée à la police parce qu'elle a découvert que son frère se droguait. Touchy était furieux qu'elle l'ait balancé et il a ordonné à ses acolytes de lui donner une leçon.

– Et si je me souviens bien, continua le Professeur, il avait aussi une dent contre Tony.

– Oui.

– Qu'est-ce qui l'a fait changer d'avis ? demanda le Professeur.

– Je ne sais pas, avoua Motown.

– Pourquoi n'y réfléchis-tu pas ? Cela ne me semble pas très normal. Un homme en veut tellement à un autre homme qu'il est prêt à faire agresser sa sœur et pourtant le lendemain, tout est oublié ?

Motown se dit que la réconciliation avait pris plus de temps mais il savait que le Professeur était lui aussi au courant des faits. Et maintenant que le vieil homme l'avait mentionné, cela lui semblait effectivement bizarre.

Motown dérangeait Didi. Il ne ressemblait à rien. À rien qu'à ce qu'elle cherchait à fuir. Elle ne voulait pas habiter à Harlem, dans un ghetto, ou à proximité de quiconque vivant comme Motown. Et d'où venait ce nom, d'abord ? La Motown était une maison de disques et il trouvait sans doute cela branché parce que c'était une marque très connue dans le monde de la « soul music ».

Quoi qu'il en soit, Motown la dérangeait. Il n'avait rien dit dans le hall. Il était seulement intervenu et il avait fait ce qu'il avait à faire, ou plutôt, ce qu'il n'était pas obligé de faire. Et quand elle était allée le remercier chez lui, il n'avait pas dit grand-chose non plus. Il n'était guère amène. Mais lorsqu'elle avait eu besoin de lumière pour descendre les escaliers, il avait éclairé ses pas. Et il lui avait souri quand elle les avait croisés ce jour-là, lui et le vendeur de journaux. C'était un sourire timide, le genre de sourire qu'un garçon adresse à une fille lorsqu'il ne sait pas quoi lui dire. Elle avait songé un instant lui retourner son sourire mais elle les avait déjà dépassés, c'était trop tard. Il était plutôt bien quoique d'un aspect un peu fruste. Il avait de grands yeux qui seraient séduisants s'ils n'étaient pas constamment rivés par terre. Son sourire était également attirant, pas un grand sourire franc, plutôt une drôle de petite grimace. Un peu de travers. La lèvre légèrement retroussée laissant deviner ses dents. Des dents d'un blanc ivoire qu'on apercevait fugitivement. Son cou était trop fort, le faisant paraître plus petit qu'il ne l'était. Il devait mesurer environ 1,80 m. Oui, il aurait paru plus élancé si son cou avait été plus mince, songea-t-elle.

Motown était le genre de garçon qu'elle voulait absolument tenir à distance. Elle en avait connu cent, non mille comme lui, aux muscles durs et aux épaules se soulevant vers le ciel lorsqu'ils riaient. Cent, non mille, grands, noirs, forts, dans leurs années d'adolescence et qui ensuite dérivaient lentement, se voûtaient, brisés lorsqu'ils atteignaient ce qui aurait dû être leur plénitude, leur âge d'homme. Didi voulait mieux que ça. Elle désirait se modeler une existence à force de courage et de détermination, une existence qui ne dépendrait des forces ou des faiblesses d'aucun homme. Il n'empêche que Motown la dérangeait.

– Hé, man, il s'agit de contrôler la situation quand elle pose des problèmes.

Touchy épousseta une poussière imaginaire de son revers.

– Tu t'es comporté de manière cool car tu es resté maître de toi lorsque ta sœur était sur le point de tout foutre en l'air.

– C'est une drôle de fille, man, répondit Tony. Elle croit qu'elle doit sauver le monde entier alors que personne ne lui demande rien.

– Oui, je suis au courant, continua Touchy. Écoute, il faut que tu me rendes un service, je pense que tu es suffisamment dans le coup pour t'occuper de cette affaire pour moi.

– Qu'est-ce que c'est ?

Tony se sentait mal. Il n'avait rien pris depuis son réveil, vers sept heures et demie du matin, et il était presque une heure à présent. Il avait dit à Touchy qu'il voulait tout arrêter. Il l'avait même remercié de lui fournir de la méthadone pour se désaccoutumer. Touchy lui avait demandé s'il n'était plus accro et il avait répondu presque plus. Cela signifiait aller ailleurs se procurer la came qu'il n'obtenait plus de Touchy pour se sentir à peu près bien.

– Les types du centre ville veulent que j'agrandisse mon territoire, expliqua Touchy. Je compte distribuer de la poudre dans le quartier de la 115e rue. Carlos va s'en occuper pour moi et je me suis dit que tu pourrais l'accompagner pour observer les réactions des gens. On la donnera au début, on laissera tout le monde l'essayer gratuitement pour se familiariser avec la marchandise. Qu'en penses-tu ?

– Je ne peux pas m'en charger, coupa Carlos avant que Tony n'ait eu le temps de répondre. Il faut que j'aille voir ma mère. Elle est malade. Elle risque de se faire opérer. On saura cet après-midi.

– Elle est encore malade ? dit Touchy dévisageant Carlos. Je croyais qu'elle allait mieux ?

– Moi aussi. Jusqu'à ce qu'elle ait un nouveau malaise l'autre nuit. J'ai cru qu'elle était morte pour de bon.

– Tu as besoin de quelque chose ? demanda Touchy en posant la main sur la poche où se trouvait son portefeuille.

– Non, ça va, mais j'aimerais pas qu'elle meure sans être allé la voir à l'hôpital.

– Oui, normal, dit Touchy. Je comprends. Tu as une bagnole ?

– Oui.

– Alors file. Et si tu as besoin de quoi que ce soit, appelle-moi.

Carlos partit et Touchy composa un numéro de téléphone. Il demanda à parler à un certain Webster, écouta un moment puis raccrocha, l'air dégoûté.

– Les choses ne marchent pas comme prévu,

déclara-t-il. Personne n'est libre. Un de mes hommes, Webster, a été arrêté sur une dénonciation débile et il a écopé de dix jours de prison. Si c'est pas un monde, ça ! Ce type deale pour un demi-million de dollars par an et il est bouclé pendant dix jours parce qu'il a vidé un cendrier par la fenêtre de sa voiture. Si c'est pas un monde !

– Oui.

Tony se sentait de plus en plus mal. Il espérait que Touchy n'allait pas le retenir plus longtemps. Il fallait qu'il trouve une dose en quatrième vitesse ou il allait avoir de gros problèmes.

– Hé man, tu as quelque chose à faire là, maintenant ?

– Non, rien de spécial, répondit Tony.

– Tu sais conduire ?

– Je n'ai pas le permis.

– J't'ai pas demandé si tu avais le permis. J't'ai demandé si tu savais conduire.

– Oui.

– Alors tu peux aller chercher la came à la place de Carlos et la distribuer. Il y en a pour près de 5 000 dollars à écouler. Va trouver les junkies et refile-la toute. On va faire ça une ou deux fois et puis on s'installera et on la vendra. Plus il y en a de disponible, plus ils en auront besoin et plus on se fera de blé. Tu peux t'en charger ?

– Oui, dit Tony.

– Prends ce numéro, reprit Touchy en repoussant le téléphone vers Tony. Et va sur la 140e rue. Au 244, dernier étage. Il y aura un sac-poubelle dans l'escalier qui mène au toit. Au fond de ce sac, tu trouveras la came. Si tu ne trouves rien en arrivant, appelle-moi pour me prévenir. Compris ?

- Oui.

- Si tu ne trouves rien, appelle-moi tout de suite, insista Touchy, parce que je l'ai déjà payée.

Tony s'humectait les lèvres avec la langue quand Touchy ne le regardait pas et il essayait de refouler la sensation de nausée qui s'était emparée de lui. Il savait que ça irait un peu mieux une fois dehors. Il nota le numéro de téléphone et se pencha pour relacer ses chaussures, essayant d'avoir l'air naturel pour bien montrer à Touchy qu'il n'était plus accro. Ce dernier posa les clés de sa voiture sur la table.

- Si ça marche cette fois-ci, dit Touchy, peut-être qu'on pourra faire des affaires ensemble, toi et moi. Attention, je ne te promets rien. J'ai dit peut-être.

- C'est cool, répondit Tony en prenant les clés que lui tendait Touchy.

- Tu peux y aller maintenant.

Touchy avait sorti de l'eau de toilette de son tiroir et s'en aspergeait.

- Comme ça, tu seras plus vite revenu pour me rendre les clés.

Tony n'était pas sorti depuis une minute que l'on frappait à la porte de Touchy.

- Salut, Touchy. Reggie passa la tête dans le bureau de Touchy. Tu sais que Tony est dans ta voiture ?

- Oui, il me rend un petit service. Comment

se fait-il que tu le surveilles ? De toute façon tu ne pourrais rien faire si je te disais de l'arrêter. À trois, vous n'avez pas réussi à régler son compte à la fille. Allez, dégage.

Reggie traînait dans le sillage de Touchy depuis trois ans et jamais il ne lui avait donné sa chance. Un jour, Touchy était fou furieux contre Tony et le lendemain, il lui prêtait sa voiture. Ça ne plaisait pas du tout à Reggie. Il sortit dans la rue. Que Touchy aille donc se faire pendre !

Pendant ce temps-là, Touchy avait réussi à joindre le numéro qu'il appelait. Il attendit qu'on lui passe la personne à laquelle il voulait parler.

– Carlos ! Salut. Oui, le morveux est parti. Tu as pris contact avec les types ? Bon, dis-leur de ne pas abîmer ma tire. Je ne veux pas qu'ils l'emmènent à la fourrière non plus. Ces dépanneuses foutent toujours en l'air le parallélisme.

– Il faut nous souvenir, dit le Professeur, que nous sommes tous les membres d'une tribu, du moment où nous sommes baptisés au moment où s'évanouit le dernier souvenir de nos agissements. À chaque fois que nous évinçons l'un ou l'autre des membres de la tribu, nous nous affaiblissons car nous sommes aussi forts que l'est la tribu. Elle doit s'appuyer sur le nombre et les forces vives de ses éléments. Tu me suis ?

– Oui, dit Motown. Je crois que oui.

– Quand dans la rue tu vois des membres de la tribu sortir du droit chemin, il faut que tu comprennes que c'est toi qui en sors, toi qui es en jeu.

– Quelquefois c'est dur...

– À qui le dis-tu !

Le Professeur sourit. Ses dents étaient jaunes et mal plantées et son large sourire semblait incongru au beau milieu de sa barbe.

– Je ne suis qu'un pauvre pasteur qui ne peut prêcher meilleur sermon que celui qu'il met en pratique. Je te parle de choses que j'ai vécues, mon garçon, ou d'idées que j'ai conçues, assis ici, entouré par tous ces livres. Mais, quand on sort dans la rue, qu'on voit la misère, les méfaits, les gens détruisant leur propre tribu, il est difficile de rester fidèle à ses convictions de justice. Le cœur ne veut pas toujours suivre la logique de l'esprit. Être juste n'est pas nécessairement facile.

– Je le sais, dit Motown.

– Qu'est-ce que tu sais ? fit le Professeur en souriant à nouveau. Tu ne sais même pas ce que tu sais. Quand tu sortiras dans le vaste monde et que tu te mettras à agir, tu te rendras compte de ce que tu sais vraiment. Pour l'instant, prends ce livre là-bas et déguerpis.

– Ça parle de quoi ? demanda Motown.

– Ce sont des bêtises qu'un écrivain noir a écrites au sujet de mousquetaires. Tu peux t'inspirer de certaines de ces folies.

Motown contempla le livre superbement relié et l'ouvrit. Il le feuilleta jusqu'à ce qu'il tombe sur le dessin d'un homme sur un cheval. Cela avait l'air intéressant.

– Je vous le ramène dans quelques jours.

– Motown...

– Professeur ?

Motown s'arrêta net sur le pas de la porte.

– Comment ça va, mon garçon ?

La voix du Professeur était douce.

– Bien, dit Motown. J'ai fini le livre que vous m'avez donné sur Pouchkine et je l'ai presque entièrement compris...

– Non, non, coupa le Professeur en se levant. Je sais que tu prends soin de ton esprit. Je sens ta soif d'apprendre. Mais est-ce que tu te nourris bien ? Je m'inquiète pour toi le soir, surtout quand il pleut ou quand j'entends parler de gens qui mettent le feu à des immeubles.

– Je prends soin de moi-même, déclara Motown. Il saisit la main du Professeur. Vraiment.

– Tu sais que si tu as besoin de quoi que ce soit...

Motown acquiesça d'un signe de tête et coinça le livre sous son bras.

Cela attristait toujours le Professeur de voir Motown quitter sa librairie. Il avait à chaque fois l'impression de plus ou moins laisser tomber le garçon. Il voulait lui apporter quelque chose, quelque chose de plus que les seules heures de conversation, plus même que les livres. Motown avait la tête bien accrochée sur les épaules, bien sûr, mais il avait néanmoins besoin de davantage. Il avait besoin d'un vrai foyer et de bonnes raisons de recommencer à faire confiance aux gens. Peut-être, songea le Professeur, le moment viendrait-il où il pourrait enfin atteindre le garçon sans craindre d'être repoussé. Peut-être.

Motown se sentait particulièrement serein tandis qu'il traversait la 125e rue. Il se sentait toujours plus en forme après une visite chez le Professeur, il reprenait confiance en lui-même quand il était avec le vieil homme. Il s'arrêta pour acheter un hot-dog. Le Professeur n'approuverait pas cela car il ne mangeait jamais de viande et surtout pas de hot-dogs. « C'est de la nourriture à vous gangrener l'esprit », affirmait-il.

– Hé, man, on a un compte à régler, toi et moi.

Reggie se trouvait devant la sortie et désignait Motown du doigt. Une fille mince à la peau claire l'accompagnait.

– Tu m'as eu par surprise dans le hall mais on réglera tout ça un de ces jours.

– Tu sais où me trouver, rétorqua Motown. Tu me veux, tu viens me chercher, je t'attends.

– Hé, pas de bagarre dans mon établissement, cria la patronne en agitant un couteau de cuisine. Si vous voulez vous battre, allez ailleurs.

– Pour l'instant, je suis avec ma nana, répondit Reggie. Mais je m'occuperai de ton cas quand le moment sera venu. Aussi sûr que deux et deux font quatre.

– Rien que d'y penser, j'en ai la chair de poule, railla Motown.

– Ah, ah, ah ! Et ce n'est pas parce que le frère de cette poule conduit la voiture de Touchy du côté de la 140e rue que je l'ai oubliée elle aussi.

Quand le moment viendra, je m'occuperai d'elle, et bien encore !

– Je vous ai déjà dit de ficher le camp d'ici ! reprit la patronne. Je travaille, moi.

Motown regarda Reggie et la fille s'éloigner. Il sentit un tiraillement au creux de l'estomac. Il ne craignait pas une seconde Reggie dans un combat à la régulière, mais qui disait que Reggie le provoquerait à la régulière ? Il finit lentement son hot-dog et se mit en route. Qu'avait dit Reggie ? Que Tony se baladait dans la voiture de Touchy du côté de la 140e rue ?

Les pensées se bousculaient dans la tête de Motown, qu'il n'avait guère envie d'affronter ou de résoudre. Rapport à ce que le Professeur lui avait raconté sur l'appartenance de chacun à la tribu. Et puis rapport au fait que Tony était le frère de Didi. Il n'arrivait pas à se débarrasser de l'image de cette fille. Son visage lui revenait en mémoire au beau milieu de la nuit, ou bien il percevait sa voix alors qu'il savait être seul dans un endroit. Que lui avait-elle demandé, déjà ? Ah oui, pourquoi il était entré dans le hall ? Il l'imaginait lui reposant cette question à l'infini. Sa réponse changeait à chaque fois mais aucune n'était tout à fait vraie. Il ne savait pas comment lui parler. Il ne trouvait pas les mots.

Il tombait quelques gouttes lorsqu'il atteignit la 140e rue. Il inspecta les environs jusqu'à ce qu'il aperçoive la Cadillac de Touchy. Elle était garée devant un immeuble, ce qui n'impliquait pas forcément que Tony s'y trouvât. Motown se dit qu'il l'attendrait sur le trottoir, à côté de l'auto.

Il y avait une voiture de police au coin de la rue. Deux policiers, l'un blanc, l'autre portoricain, étaient installés à l'intérieur et buvaient du café. Motown jeta un coup d'œil vers le pâté de maisons. Un truc clochait, mais quoi ? Soudain il comprit. Quatre gamins étaient assis sur les marches de l'escalier donnant dans le hall d'entrée. Trois filles et un garçon. Ils avaient une corde à sauter mais ils ne jouaient pas. Ils avaient vu ou perçu quelque chose d'étrange eux aussi.

Motown s'appuya contre le mur et ferma à demi les paupières. Un grand homme blanc, bien bâti et portant l'uniforme gris des employés d'une compagnie d'électricité, passa lentement dans la rue. Il s'arrêta devant un immeuble et regarda à l'intérieur. Il y pénétra un moment, ressortit puis s'éloigna. Une grosse femme noire vêtue d'un pull beige traversa la rue. Elle tenait à la main une Bible. Elle s'arrêta pour reprendre son souffle, une fois sur le trottoir d'en face. Là, elle orienta la main, paume vers le ciel, pour vérifier s'il pleuvait.

Motown vit l'homme à l'uniforme gris se tourner vers la voiture de patrouille et hausser les épaules.

Un poivrot approchait en titubant et chancela dangereusement. Il s'arrêta à hauteur du véhicule de police mais de l'autre côté de la rue.

– Hé, appela-t-il. Il était à quatre ou cinq mètres des policiers. Quelqu'un m'a volé mon pinard. J'avais un litron et un saligaud me l'a piqué.

– Qu'est-ce qui dépasse de ta veste ?

Le policier portoricain désigna la poche du

poivrot d'où sortait un goulot. Le type regarda le policier puis se pencha pour mieux scruter sa veste. Il vit la bouteille et la montra du doigt. On aurait dit qu'il allait tomber d'un instant à l'autre. Il essaya de la saisir, sans succès, puis recommença. Cette fois-ci, il y parvint et il la brandit en l'air. Elle était environ au quart pleine.

– Ils m'ont presque tout volé, dit-il.

Il ôta le bouchon et approcha le goulot de sa bouche aux lèvres déjà enflées. Un membre de la tribu...

Motown vit l'homme à l'uniforme gris revenir sur ses pas. Il se demanda s'il regarderait à nouveau dans le même immeuble. Oui, pas de doute.

Motown se dirigea vers l'endroit où étaient toujours assis les gamins. Il aurait aimé savoir si les policiers le surveillaient mais il n'osait pas vérifier.

– Comment se fait-il que vous ne sautiez pas à la corde ? demanda-t-il.

– Ce n'est pas tes oignons ! répondit une fillette à l'air effronté et à la coiffure rasta.

– Comment entre-t-on dans cet immeuble à l'escalier blanc sans passer par la porte d'entrée ? questionna Motown.

– Ça ne te regarde pas, poil au bras ! déclara la petite effrontée.

– Tu dis ça parce que tu n'en sais rien.

– On peut passer par la cave de l'immeuble en briques rouges d'à côté, rétorqua-t-elle vivement.

– Un jour, mon frère Bubba a oublié sa clé à la maison, il est monté sur le toit de l'immeuble dont elle parle et il est redescendu par celui-là, ajouta le petit garçon.

- Oui, et ta mère lui a flanqué une bonne raclée, commenta la gamine, parce qu'il n'est pas censé monter sur les toits et qu'il le sait très bien.

Motown prit une pièce dans sa poche. Il laissa la fille vérifier ce qu'il avait dans la main avant de la refermer.

- Vous ne m'avez pas l'air très malins, dit Motown. Je parie que vous ne devinerez pas ce que j'ai dans la main.

- Un caillou ? demanda le garçon.

- Non.

- Une capsule, lança une petite fille au visage rond, nez en trompette et coupe afro.

- Non.

- Si je devine, je peux la garder ? intervint l'effrontée en regardant ailleurs, comme si cela ne l'intéressait pas vraiment.

- Oui, répondit Motown, mais tu ne devineras jamais.

- Je parie que c'est une pièce, déclara-t-elle.

- Comment le sais-tu ?

Motown prit un air éberlué en ouvrant grand la main.

- Je devine tout, mon vieux, affirma la petite en prenant la pièce. C'est dans ma nature.

Motown ne voulait sous aucun prétexte s'aventurer dans la cave, aussi gravit-il l'escalier en vérifiant à plusieurs reprises qu'il n'y avait personne. Quand il arriva au dernier étage, il respira profondément et s'arrêta. Il ignorait ce qu'il allait trouver, ou même s'il allait seulement trouver quoi que ce soit, ainsi que la raison pour laquelle il s'était introduit dans ce drôle d'endroit. Si Tony s'amusait à se droguer, c'était son problème, songea-t-il.

Motown se hissa sur le toit. Il pleuvinait à présent. Il jeta un coup d'œil vers le toit voisin. D'abord il n'aperçut pas Tony. Il enjambait le petit muret de séparation lorsqu'il le découvrit, à moitié assis, à moitié vautré contre le bas d'un château d'eau. Il se dirigea rapidement vers lui. En approchant, il vit une seringue et un sachet en plastique sur ses genoux. À l'intérieur du sachet, il y avait de la poudre blanche. Probablement de la drogue, se dit Motown. À côté de Tony traînait un petit sac en tissu, rempli d'autres sachets de poudre identiques.

Sentant la présence de Motown, Tony entrouvrit les paupières.

– Hé, man, qu'est-ce que tu fais ici ?

Motown s'empara de la seringue, de l'élastique et de la cuiller et les fourra dans le sac. Il dévisagea attentivement Tony. Ses yeux étaient vitreux, ses pupilles dilatées malgré la lumière du jour.

– Et toi, qu'est-ce que tu fabriques ? demanda Motown.

– Cool, man, dit Tony en tendant la main vers le sac que tenait Motown. Pose mes affaires par terre.

Motown se redressa et essaya d'aider Tony à se lever. Tony décocha alors un coup de poing à Motown, qui ne fit que lui effleurer la tempe. Motown le repoussa brutalement, prit le sac et retourna vers le toit de l'immeuble par lequel il était monté. Il descendit quelques marches. C'était un vieux bâtiment qui possédait un incinérateur et une ouverture à chaque étage par laquelle on y jetait les ordures. Motown balança la drogue et le reste dans l'incinérateur. Puis il sortit.

Tony savait qu'il devait rassembler ses esprits, que la situation était sérieuse. Il parvint à s'asseoir et regarda autour de lui. Derrière lui... Pas de doute, la came avait disparu. Le débile, qui avait pris la défense de Didi quand les types de la bande de Touchy lui flanquaient une raclée, venait de piquer la poudre de Touchy. Il le chercha des yeux. Où était-il passé ? Il essaya de se lever mais il était tellement défoncé qu'il fut pris de vertiges. Il ne s'était fait qu'un petit shoot, juste assez pour se sentir mieux. Heureusement car la came devait être presque pure. S'il n'en avait pas limité la quantité, il aurait risqué l'overdose.

Il n'arrivait pas à se rappeler quand ce type lui avait fauché le sac mais cela avait dû se passer peu de temps auparavant.

Il trouva l'escalier et se mit à descendre. Il sentait à peine la rampe sous ses doigts. Il planait encore. Pendant un instant, il avait paniqué, quand la drogue qu'il s'était introduite dans la veine avait fait son effet, mais maintenant, cela s'était atténué et il était normalement défoncé. L'air dans la rue lui rafraîchirait les esprits. Il avait l'impression d'être trempé, comme s'il avait transpiré. Il se souvenait vaguement s'être battu avec le morveux qui lui avait piqué le sac. Motown. C'était le nom de cet abruti. Un nom bidon pour un type bidon. Motown !

Arrivé en bas, il aperçut l'escalier au dehors. Il se redressa. Il fallait qu'il ait l'air cool, il fallait qu'il reprenne en main ses affaires. Si Motown n'était plus dans le coin, il partirait à sa recherche avec la voiture de Touchy, jusqu'à ce qu'il le trouve. Il devrait peut-être même se débarrasser de cet imbécile. Cette idée ne lui plaisait guère mais les affaires sont les affaires.

À l'extérieur, il s'immobilisa pour regarder aux alentours s'il voyait Motown. Puis il se dit qu'il était peut-être encore dans l'entrée, qu'il ne l'avait pas aperçu en passant. Peut-être que ce saligaud se défonçait avec la came de Touchy. Un type blanc, l'un de ces employés de la compagnie d'électricité qui relèvent les compteurs, s'approcha de lui.

– Hé, man, tu as vu un mec noir sortir d'ici ? demanda Tony.

– Tu es en état d'arrestation !

Le type blanc tordit le bras de Tony derrière son dos.

– Hé ! Qu'est-ce que tu fabriques ?

Un autre policier fit irruption de la cave et les deux flics de la voiture de patrouille traversèrent la rue. Un instant plus tard, Tony, les bras derrière le dos, se trouvait de nouveau dans l'immeuble.

Là, deux paires de mains le fouillèrent, tâtant sa poitrine, ses jambes, partout !

– Enlevez-lui son pantalon !

– Man ! Qu'est-ce que vous faites ?

Tony essaya de se dégager pour voir ses ravisseurs. Une main brutale lui rabaissa la tête et il sentit le bout d'une matraque s'enfoncer dans ses côtes.

– Où l'as-tu planquée ? Des doigts empoignèrent Tony à la gorge. Dis-le nous ou je te loge une balle dans la tête ici même !

– Je n'ai rien, man.

La protestation de Tony tourna court tandis qu'une main lui serrait le cou.

– Il n'a rien !

– Il est complètement défoncé donc il a forcément pris quelque chose. Mais il ne porte rien sur lui !

– Je vais voir sur le toit, déclara une voix nasillarde.

– Tuons-le, reprit une autre voix, jeune. Avec le flingue que j'ai trouvé sur ce mac de Park Avenue.

– Bon, d'accord ! Pousse-le sous l'escalier !

Tony tremblait comme une feuille à présent. Ses bras étaient ankylosés à force d'être tordus dans son dos et ses épaules lui faisaient mal. Les deux policiers le traînèrent jusqu'aux marches et le flanquèrent par terre. Là, ils le refoulèrent à coups de pied sous la cage d'escalier.

– Attends ! Donne-lui encore une chance de nous dire où il a mis la came.

– Hé, punk ! Tu vas avouer ou tu préfères mourir ici ?

– Je n'ai rien, man, je te jure, je n'ai rien !

Tony pleurait. Il s'était libéré une main et s'en

protégeait la figure, comme si ses doigts tendus pouvaient arrêter une balle.

Il y eut des bruits de pas dans l'escalier.

– Rien ! On nous a eus !

La discussion se poursuivit un moment. On leur avait promis un coup fumant qui s'avérait un fiasco. Finalement les voix s'évanouirent.

Tony resta longtemps immobile à trembler dans l'obscurité, sous l'escalier, avant de réaliser qu'il était seul dans le hall. Lentement, il s'extirpa du recoin et se releva. Ses épaules étaient douloureuses d'avoir été tordues tandis qu'ils lui maintenaient les bras derrière le dos. Par terre, il y avait ses allumettes et les clés de la Cadillac de Touchy. Il respira un bon coup et les ramassa.

Il sortit et regarda autour de lui. La rue avait repris son aspect habituel. Des gosses sautaient à la corde sur le trottoir d'en face. Deux femmes bavardaient, leurs paniers à provisions entre les jambes. Une jeune femme enceinte était assise sur les marches et sirotait un Coca. Devant l'immeuble, Carlos montait justement dans la voiture de Touchy.

– Hé, Carlos ! Tony redressa les épaules en s'approchant de l'auto. Man, j'ai failli me faire arrêter !

– Ah ! oui, dit Carlos, la main toujours sur la portière ouverte de la Cadillac. Je viens de voir les flics se tirer. Je croyais qu'ils t'avaient coincé.

– Non, cet abruti de Motown m'a piqué la came... Mais au fait, qu'est-ce que tu fabriques ici ?

– Qui ? Moi ?

CHAPITRE 4

Le docteur expliqua que c'était une attaque. Didi était près de l'évier, elle pelait des pommes de terre et parlait à sa mère de ce qui s'était produit à San Salvador.

– Je ne sais pas comment ils font pour tout connaître sur ce genre d'endroit, disait Darlène Johnson. Un jour, on ne sait même pas qu'un pays existe et le lendemain, on ne parle plus que de cela.

– Le problème, répondit Didi, c'est qu'il y a des gens qui sont là-bas parce qu'ils voient un moyen d'en tirer profit. Bref... ils se mettent à vous raconter ce qui s'y passe mais on ne sait jamais POURQUOI ça se passe de telle ou telle manière.

Sa mère ne répondit pas. Didi pensa qu'elle avait probablement perdu tout intérêt pour la conversation, qu'à la dérive, elle s'était réfugiée dans son monde à elle comme cela lui arrivait si souvent. Elle se tourna et la vit, la tête sur la table, paraissant endormie. Mais quelque chose clochait dans la façon dont son bras reposait sur la nappe à damiers rouges et blancs. Peut-être parce que la paume de sa main était légèrement retournée, ou parce qu'elle avait renversé la salière.

– Maman ?

L'ambulancier dit que cela ressemblait à un problème cardiaque, mais pas trop grave car le cœur battait assez régulièrement. Didi montait dans l'ambulance quand Tony arriva.

– C'est maman, furent les seuls mots de Didi.

Elle accompagna sa mère à l'hôpital et regarda la civière s'éloigner vers la salle des urgences avant de se rendre dans la salle d'attente. Une infirmière vint finalement la prévenir que Darlène avait été installée au troisième étage.

– Elle est réveillée, expliqua-t-elle. Les docteurs lui font encore passer quelques tests et puis vous pourrez la voir.

– Comment va-t-elle ? demanda Didi.

– Aussi bien que possible, mais on ne peut rien pronostiquer avant quelque temps. Je vous conseille de monter au troisième et d'attendre là-haut.

Didi monta et attendit de plus amples nouvelles. Elle songea à prier mais se demanda si Dieu l'écouterait. Elle n'était guère allée au temple ces trois dernières années et ne s'était même pas tellement préoccupée de religion.

Tony arriva à ce moment.

– Que s'est-il passé ? questionna-t-il.

– Maman a eu une attaque.

– C'est-à-dire ?

– Tu ne sais pas ce que c'est qu'une attaque ?

– Je veux dire, est-ce qu'elle va guérir ?

– Je pense. Il paraît qu'on ne peut être sûr de rien quand il s'agit du cœur. Il faut attendre et constater les dégâts. Où étais-tu ? Comment t'es-tu mis dans cet état ?

– C'est mon problème, déclara Tony.

– Ton problème ! Et puis quoi encore ! rétorqua Didi en élevant la voix. Quand tout le monde se ronge le sang à ton sujet, c'est le problème de tout le monde !

– Je crois que Touchy m'en veut, reprit Tony à voix basse.

– Quoi ?

– Il a essayé de me faire arrêter. Il m'a demandé d'aller chercher un paquet. J'y suis allé et ce type qui t'avait aidée l'autre jour dans le hall de l'immeuble, ce Motown, m'a suivi et me l'a pris.

– Qu'est-ce qu'il y avait dedans ?

– Je ne sais pas, dit Tony.

– Évidemment ! Et comment t'a-t-il trouvé ?

– Je ne sais pas, répondit Tony, mais quand je suis redescendu, les flics m'attendaient. Touchy m'avait prêté sa voiture et lorsque je suis ressorti, après que ces salauds m'eurent tabassé, fouillé et tout, Carlos montait dans la caisse. Je lui ai demandé ce qu'il fabriquait là et il m'a simplement répondu de lui donner les clés. Et puis il s'est barré. Je me suis dit que Touchy avait essayé de me piéger à cause de ce que tu as fait...

– Ce que j'ai fait, MOI ?

– Bon, d'accord, j'ai un peu déconné. Tony détourna les yeux. Mais je n'ai vraiment pas besoin qu'on me le répète.

Un docteur sortit, il avait l'air jeune, trop jeune aux yeux de Didi ; il leur annonça que leur mère était calme.

– Elle dort maintenant. Je veux qu'elle se repose. Nous lui avons donné un sédatif léger et de quoi diminuer la tension. Il est préférable que vous ne la dérangiez pas avant demain. Venez lui rendre visite dans l'après-midi.

– Elle va s'en sortir ? demanda Didi.

– Je le pense, dit le docteur. Le danger dans ce genre de cas ne vient pas de l'attaque elle-même car je ne crois pas qu'elle ait été très forte, mais plutôt du risque qu'elle court d'en avoir d'autres. Elle fait de l'hypertension et souffre de problèmes rénaux. Nous allons la garder en observation quelques jours.

Ce soir-là, Tony décida de ne rien prendre, mais à onze heures, il était malade. Avec l'argent qui lui restait, il descendit dans la rue chercher de quoi enrayer la douleur, se racontant mille mensonges auxquels il ne croyait pas un seul instant. Il acheta de la poudre au *Peewee Bar* sur la 147e rue ainsi que de la méthadone à un type qui avait une vieille dette envers lui.

Le lendemain, Reggie vint le trouver. Il avait de la came sur lui, assez pour un bon « fix » qui lui durerait la journée mais Tony se méfiait de l'offre.

– Je ne comprends pas pourquoi tu n'en veux pas ? déclara Reggie. Tu as l'air d'en avoir salement besoin.

– Je n'ai besoin de rien, dit Tony.

Ils étaient devant son immeuble.

– Bon, écoute. Touchy veut que tu saches qu'il est désolé pour ce qui s'est passé. Il pense qu'il y a un mouchard dans l'organisation.

– Sûr, répliqua Tony. S'il y a un mouchard dans l'organisation, alors Touchy devrait s'appeler Tsé-tsé.

– Tu pourrais envoyer cette blague à Jerry Lewis, dit Reggie avec une moue méprisante. Peut-être qu'il la trouverait drôle.

– Ce qui m'est arrivé n'est pas spécialement drôle, à mon goût, rétorqua Tony.

Il commençait à avoir des crampes au ventre.

– Tu sais, Touchy veut que quelqu'un s'occupe de ce Motown. Que ça ait l'air d'un accident. Je me suis dit que toi et moi, on pourrait s'en charger. Touchy offre cinq cents dollars.

– Barre-toi !

– Fais attention à ce que tu dis. Si on me cherche, on finit par me trouver, moi et ma lame.

– T'as envie de te battre ? Approche voir un peu, répondit Tony. Je n'ai pas peur de toi !

Quand Reggie s'éloigna, Tony se sentait très mal. Il avait l'estomac retourné et il était aussi déprimé que possible. Pire que ça, il se sentait mal parce qu'il réalisait qu'il ne pensait ni à sa mère à l'hôpital, ni au guet-apens de Touchy, mais uniquement à dénicher une dose, coûte que coûte. C'était une idée fixe. Il faisait complètement partie du plan de métro dont parlait toujours Touchy :

– Man, ce quartier ressemble à un gigantesque plan de métro. Plein de veines et d'artères qui attendent ce que j'ai à vendre. Et chaque camé dans la rue est un arrêt de plus sur la ligne.

Tony n'était peut-être qu'un arrêt supplémentaire mais il répéterait à qui voulait l'entendre que Touchy était un indic, un vendu. Voilà ce que je vais faire, songea-t-il.

Il retourna au nord de Harlem et dépensa l'argent qui lui restait. Il se sentait horriblement mal mais il attendit d'être rentré chez lui pour se piquer.

Didi n'avait pas vu son frère de la journée. Elle avait espéré qu'il irait à l'hôpital avec elle. Quand elle s'y rendit, elle trouva sa mère assise dans son lit, l'air fatigué mais pas trop hagard. Elle avait plutôt mauvaise mine, elle d'habitude si pimpante. Des infirmières noires d'un certain âge s'occupaient d'elle ainsi qu'une fille rousse, à peine plus vieille que Didi, en blouse blanche d'aide-soignante. Darlène demanda des nouvelles de Tony et Didi mentit, lui racontant qu'il avait trouvé un petit job et qu'il viendrait la voir plus tard. Sa mère répondit que c'était toujours comme ça avec les hommes :

– Ils ont sans cesse besoin de travailler afin d'acheter leur liberté.

Il était là, à moitié réveillé, à moitié flippé, suçant un bout de chocolat devant la télévision. Elle ne voulait pas voir ça. Elle voulait partir, effacer cette vision de son esprit.

– Qu'est-ce qui se passe, frangine ? demanda Tony d'une voix pâteuse.

– Tu sais, si Motown ne t'avait pas pris la came, tu serais sans doute en prison à l'heure qu'il est, déclara Didi. Tu aurais dû le remercier.

– Alors il vaut mieux le remercier vite, dit Tony, car Touchy est furieux. C'est Reggie qui me l'a dit.

– Quoi ?

Didi s'arrêta net. Cela ne servait à rien de discuter avec Tony. Avec lui ou avec n'importe quel autre type de son acabit ! Par contre, elle avait une dette envers Motown. Elle irait le voir, le prévenir. Elle voulait y réfléchir d'abord puis elle irait chez lui.

L'hôpital était glacial, inhospitalier, mais Darlène Johnson était en pleine forme. Mme Lucas, une vieille amie de la famille, lui avait apporté un peignoir neuf. Le col blanc et rose formait un doux halo de tissu lumineux autour de son visage.

– Je me sens bien, vraiment, dit Darlène, assise sur son lit.

Elle avait l'air fraîche comme une rose, le teint clair et meilleure mine que jamais. Didi songea que sa mère avait dû être très belle à une époque.

– Ils m'ont fait passer un tel nombre de tests ! J'imagine qu'ils savent ce qu'ils font...

– Continue à suivre leurs consignes, maman, et tu seras sur pied sous peu.

– Mme Lucas est venue, reprit Darlène Johnson, et j'ai été très surprise...

Didi l'écouta parler de Mme Lucas et des infirmières qui s'inquiétaient tellement d'elle. Elle était étonnée que de si petites choses aient tant d'importance aux yeux de sa mère et elle aurait souhaité y avoir pensé elle-même.

– Veille bien à ce que Tony mange correctement. Tu le connais, il avale un morceau n'importe comment et disparaît. Veille bien à ce qu'il mange, Didi.

– Oui, madame ! Bien, madame !

Didi embrassa sa mère et tapota sa main maigre. « Quels sont tes véritables sentiments ? » s'interrogea-t-elle en sortant de l'hôpital. Cette situation la dérangeait, elle le savait. Au fond d'elle-même, elle ressentait un certain nombre de choses qu'elle ne voulait pas admettre. Des idées lui montaient à la tête, encombrant son cerveau, faisant fi de ses sentiments profonds.

Quoi qu'il arrive, il serait encore plus délicat dorénavant de s'occuper de sa mère. Didi devrait passer plus de temps avec elle. Donner plus d'elle-même, et elle n'était pas sûre d'avoir plus à donner. Donner voulait dire principalement être présente ici et maintenant, en chair et en os, et tendre la main pour toucher d'autres êtres en chair et en os, d'autres ici et maintenant. Or cela ne correspondait pas vraiment à ses aspirations du moment : elle n'était pas seulement la Didi Johnson qui habitait Harlem mais aussi et surtout la Didi Johnson qu'elle deviendrait d'ici quelques années. Des années d'études, de choix, une multitude de choix, de possibilités de devenir une personne différente.

Quand Didi Johnson se promenait dans la rue, et qu'un type lui glissait : « hé, j'aimerais bien te... », il s'adressait au rêve qu'il poursuivait lui, et non au sien à elle. Quand elle se réveillait le matin et qu'elle voyait le soleil briller à travers la vitre ébréchée de sa fenêtre, ce n'était pas la véritable Didi qui le contemplait, mais quelqu'un que la véritable Didi ne tarderait pas à laisser derrière elle.

Sa mère avait besoin d'elle pour le moment. C'était une réalité, bien qu'elle sût parfaitement que c'était aussi un piège. Un piège comme toute personne à laquelle elle s'attachait, toute brique d'immeuble squatté qu'elle effleurait, tout rythme sur lequel elle marchait dans la rue, et tous se donnaient le mot pour la coincer à Harlem.

Il faisait presque nuit, il était beaucoup trop tard pour se risquer chez Motown. Mais si elle n'y allait pas et qu'il lui arrive quoi que ce soit, elle se sentirait trop coupable... Il fallait oser. Elle ne resterait qu'un instant, le temps de le prévenir que Touchy était à ses trousses. Vite, avant que la nuit ne tombe complètement.

Elle regarda autour d'elle et patienta jusqu'à ce qu'elle soit sûre que personne ne la verrait entrer. Si quelqu'un l'apercevait, un poivrot, un camé ou un pervers, il risquait de la suivre. Elle attendit, observant les parages puis s'engouffra à l'intérieur de l'immeuble.

Cela sentait mauvais. Pire encore que la première fois. Il y eut une débandade dans la pénombre. Elle s'immobilisa. Son cœur battait à toute allure. Elle écouta. Rien. Elle fit quelques pas et s'arrêta à nouveau. Avait-elle entendu un autre grattement ? Est-ce que c'étaient des rats ? Des rongeurs menaçants qui filaient telles des flèches sur le plancher bosselé ? Avaient-ils de petits yeux rouges ?

– Motown !

Rien. Elle fit volte-face et esquissa quelques pas en arrière, revenant à son point de départ. Avait-elle bien entendu un drôle de bruit derrière la porte du rez-de-chaussée ?

– Motown !

– Qui c'est ?

– C'est moi, Didi.

Un cercle lumineux brilla à ses pieds. Le faisceau d'une lampe de poche. Elle monta, suivant la lumière qui éclairait ses pas. Elle pénétra à sa suite dans son appartement. Il ferma la porte et alluma une autre lampe. Il y avait une couverture contre la fenêtre si bien que personne ne pouvait voir la lumière de l'extérieur. Éclairée par deux lampes à pétrole, la pièce était assez claire. Elle n'avait pas changé. Dans un coin, il y avait une corbeille à papier d'où dépassait un vieux sac McDonald froissé. Et un livre trônait sur la table. Un truc d'Alexandre Dumas. Didi n'aurait jamais imaginé que Motown puisse lire.

– J'ai pensé qu'il valait mieux que je te prévienne au plus vite, dit-elle.

– De quoi ?

Il baissa les yeux et détourna le regard.

– Tony dit que tu lui as pris de la drogue.

– Je ne voulais pas...

Il ne termina pas sa phrase. Pendant un moment, ils restèrent ainsi, un silence pesant planant entre eux, mal à l'aise.

– Je croyais que c'était pour l'aider, reprit Didi.

– Ça l'était.

Motown leva les yeux vers elle.

– Je sais, fit Didi, elle s'approcha de lui, puis, s'en apercevant, s'arrêta net. Je sais...

– Ces types qu'il fréquente, y sont pas... ils ne sont pas nets, dit Motown. Ils prennent de la came, des saletés.

– Pourquoi est-ce que tu t'en mêles ? demanda Didi. Je veux dire, tu n'es pas obligé et...

– Parce que.

– Parce que quoi ? insista Didi en se demandant pourquoi elle ne lui disait pas simplement ce qu'elle était venue lui dire, avant de partir.

– Ou bien il fait partie des miens et je dois l'aider si je le peux, répondit Motown en haussant les épaules, ou bien il n'en fait pas partie.

– Je ne comprends pas.

– Tu veux boire quelque chose ?

– Qu'est-ce que tu as ?

– Je viens d'acheter des sodas, dit Motown. Tu peux t'asseoir si tu veux.

Didi regarda autour d'elle. Il y avait une chaise en bois et le lit. Elle choisit la chaise. Motown prit deux bouteilles dans une glacière. Quand il la tira et en souleva le couvercle, Didi vit qu'elle était pleine de glace. Il y avait une bouteille de lait à l'intérieur. Il prit deux sodas à l'orange et lui en tendit un. Il s'assit sur le bord du lit.

– Comment as-tu su que Tony serait là-bas ? demanda Didi.
– Tu connais Reggie ? Un type avec un visage en lame de couteau.
– Il traîne parfois avec Touchy ?
– Oui, c'est lui, acquiesça Motown. Bref, il a dit que Tony était dans le coin, qu'il avait pris la voiture de Touchy. D'abord, j'ai pensé qu'il se fourrait dans de nouvelles histoires de came, mais quand je suis arrivé sur place, je me suis rendu compte que quelque chose ne tournait pas rond. Je ne savais même pas que Tony prenait de la dope, pas régulièrement en tout cas.
– C'est sérieux.
– Désolé, dit Motown.
Didi regarda Motown, convaincue qu'il était sincère et se posant mille questions à son sujet.
– Tony a entendu dire que Touchy voulait te rendre la monnaie de ta pièce.
– Il m'en veut ? demanda Motown. Tony... il m'en veut ?
– Je crois que la seule chose qui l'intéresse ces temps-ci, c'est la drogue, répondit Didi. Tu sais, je préfère ne pas en parler. Je n'ai pas envie de penser à mon frère comme à un drogué.
– Je m'en doutais, dit Motown. Tu ressembles plus à une étudiante studieuse qu'à une fille de la rue. C'est bien comme ça.
Il la regarda puis baissa les yeux. Le sol était recouvert d'un vieux linoléum avec un motif à fleurs craquelé et écorné par-ci, par-là.
– Tu n'as pas grande estime pour moi, hein ? reprit Didi.

– Si. Je t'aime bien.

– C'est pour ça que tu regardes par terre en le disant ?

– Je t'aime bien, répéta Motown en fixant Didi.

Elle soutint son regard et soudain, il sourit. Un grand sourire chaleureux qui la prit par surprise. Elle sourit aussi puis rapidement, ils détournèrent tous deux les yeux.

– Bon alors qu'est-ce que tu vas faire pour Touchy ? demanda-t-elle en changeant de ton.

– Rien à faire. Je veux dire, s'il a décidé de s'en prendre à moi, je ne peux que m'y préparer.

– Tu ne vas pas rester comme ça tout de même ! J'ignore s'il sait que tu habites ici, mais quelqu'un est probablement au courant dans le coin.

– Je reste ici, déclara Motown. Ça ne change rien.

– Écoute, j'ai un peu d'argent. Pas beaucoup mais...

– Moi aussi, j'ai de l'argent, coupa Motown.

Il fouilla derrière le lit, tira son livret d'épargne et le lança sur la table, devant Didi.

– Ça ne m'intéresse pas, affirma Didi.

Elle mentait.

– Je reste ici, répéta Motown.

Après un instant d'hésitation, Didi prit le livret et l'ouvrit.

– Frank... j'aime bien ce nom.

– Mes amis m'appellent Motown, répondit-il.

– Je ne me serais jamais doutée que tu avais autant d'argent, avoua Didi, surprise.

– J'essaie de mettre assez de côté pour aller ailleurs. Mais je ne veux pas déménager tout de suite parce que je n'ai pas encore suffisamment d'argent pour payer un loyer régulier.

– Avec cet argent, tu devrais déménager tout de suite. Dans un studio par exemple, avec une kitchenette. Tu en as déjà visité ?

– Oui.

– Ça serait mieux que de vivre ici. Surtout vu tes ennuis avec Touchy. Je pourrais t'aider à l'arranger.

– Ah oui ? dit Motown.

– J'ai vu des pancartes sur la 122e rue près de Morningside Avenue. Si j'y retourne, je les visiterai pour toi.

– D'accord.

Quand elle partit, Motown se contenta de rester assis sur le lit et de fixer la porte. Il ne savait rien d'elle, seulement qu'elle était la sœur de Tony. Et qu'elle n'aimait pas beaucoup la vie des rues. C'était à peu près tout. Et pourtant, lorsqu'elle était entrée dans la pièce, elle l'avait immédiatement investie de sa présence. Elle avait une manière de pencher la tête qui donnait l'impression qu'elle voyait les choses sous un angle différent. Motown aurait voulu voir à travers ses yeux, contempler le monde à sa façon afin de pouvoir réfléchir à sa vision des choses.

Non, ce n'était pas ça. C'était plutôt la manière dont elle tenait ses mains serrées devant sa poitrine, comme si elle essayait de se contenir. Comme si, peut-être, elle attendait le moment propice pour agir.

Le livre était sur la table ; peu importe qu'il n'ait pas commencé à le lire. Et puis elle avait vu son livret d'épargne. Ce n'est pas énorme, avait-elle dit, mais elle avait eu l'air impressionnée.

Motown était surpris par la façon dont il se comportait en sa présence. En temps normal, il n'aurait montré son livret à personne. Et il se serait moqué également qu'on sache ou pas qu'il lisait les livres du Professeur. C'était mieux ainsi, croyait-il. Il savait que si ses parents avaient survécu, les choses se seraient passées différemment. Il n'aurait pas été obligé d'aller de parents nourriciers en parents nourriciers, restant toujours au seuil de l'existence d'un étranger.

Motown se souvint subitement de Mme Dodson. Les gens de l'orphelinat avaient dit que ce serait parfait pour lui, que c'était une femme généreuse mais qui ne s'en laisserait pas conter, que cela se passerait sûrement très bien entre eux parce qu'ils se ressemblaient.

Il était allongé sur son lit lorsqu'il avait appris qu'il se rendrait chez Mme Dodson le week-end suivant. On lui avait expliqué qu'elle était professeur de piano et il s'imaginait déjà apprenant le piano et jouant pour elle. Elle l'écouterait puis le féliciterait.

La nuit où il avait fait ces rêves, il avait neigé et le vent avait hurlé derrière les fenêtres de l'orphelinat et cogné contre les portes de la longue entrée vert pâle. Pour une quelconque raison, connue uniquement de Dieu et de ses voix intérieures, il avait pensé que cela marcherait entre Mme Dodson et lui. Et cela s'était avéré le cas pendant un bon bout de temps. Il avait fallu environ deux ans à Mme Dodson pour s'acheter la maison qu'elle voulait, même en économisant sur les allocations qu'elle recevait de l'orphelinat. C'était, comme elle aimait le dire, sa rente mensuelle.

– Si tu ne te prends pas en charge, personne ne le fera pour toi, mon garçon. Souviens-toi bien de cela.

Telles avaient été ses dernières paroles, avant que l'assistante sociale ne vienne le chercher puisque Mme Dodson ne désirait plus s'occuper d'un enfant adoptif.

Ce fut également la dernière fois que Motown avait fait totalement confiance à un autre être humain. Mais à ce moment-là, il n'avait pas encore rencontré Didi Johnson. La façon dont elle serrait les mains, la façon dont elle souriait, la façon dont elle allongeait les jambes devant elle en les croisant aux chevilles, tout cela lui revenait sans cesse. Non, il ne pouvait l'oublier.

Frank Motown Williams n'avait plus que deux dollars et quarante-sept cents en poche. Il s'était dit qu'il prendrait vingt dollars à la banque le jour suivant. Mais maintenant, il n'en était plus question. Il voulait que Didi voie qu'il mettait de l'argent sur son livret. Il repensa un instant à Touchy, et à ce qu'il pourrait faire à ce sujet, mais il n'était pas inquiet.

Le lendemain matin, il chercherait à nouveau un boulot. Il se contenterait de n'importe quoi, songea-t-il, du moment qu'il n'avait pas besoin de retirer de l'argent de la banque. Il s'allongea sur son lit et essaya de se détendre, mais il n'y parvenait pas. Cette fille l'obsédait. Elle lui faisait un effet auquel il ne pouvait résister, et, étendu là, seul, dans ce décor de plâtre craquelé, de vieux linoléum décoloré, de fenêtre condamnée et de porte jaunie, il sourit, un large sourire béat.

Motown se leva plus tard que prévu. Il était presque neuf heures quand il arriva au World Trade Center après avoir pris la ligne A. Les W.C. de cette station étaient les mieux entretenus de la ville. Il alla s'y laver rapidement, puis se rinça la bouche avec un mélange de sel et de bicarbonate provenant d'une petite bouteille qu'il gardait sur lui à cet usage. Le voyage lui avait coûté un dollar. Plus cinquante cents pour le train qui l'emmenait à Jersey City. Une fois là, il marcha pendant environ deux kilomètres, de la gare à l'endroit où ils achetaient le sang à neuf dollars la prise.

– Tu ne te drogues pas, rien de ce genre ? lui demanda la réceptionniste.

Motown secoua la tête.

– Tu n'es pas malade ?

À nouveau non.

– Cabine quatre. Après avoir donné ton sang, tu peux boire un jus d'orange gratuit.

Elle avait de beaux yeux sombres et une large bouche.

– Ce n'est pas du vrai jus d'orange, c'est du surgelé, ajouta-t-elle.

– Pas de problème, dit Motown.

Il donna son sang, prit ses neuf dollars et fit le trajet inverse jusqu'à la 14e rue pour essayer à nouveau de trouver du travail.

CHAPITRE 5

« C'était un sentiment idiot », se dit-elle, même après avoir parlé avec la petite dame frêle à la peau brune qui louait des appartements sur la 8e avenue et donné dix dollars de caution pour le loyer de la semaine.

– Depuis combien de temps es-tu mariée ? demanda la propriétaire, Mme Robinson. Tu as encore l'air d'un bébé.

– Oh, le studio n'est pas pour moi, avait répondu Didi. C'est pour mon... cousin. Il arrive de Caroline du Nord et nous n'avons pas assez de place pour lui à la maison.

La femme ne l'avait pas crue. Les yeux tristes qui dévisageaient Didi étaient méfiants.

– Tu me dis quelque chose, avait repris la femme. Tu es du quartier ?

– Non, madame.

La pièce unique était petite mais claire et agréable. Il y avait un lit pliant contre le mur, une table, un minuscule réfrigérateur et deux brûleurs à gaz à côté de l'évier.

– Tu n'es pas l'un de ces témoins de Jéhovah, n'est-ce pas ? Je n'ai rien contre eux, d'ailleurs.

– Je vais au temple de Bethel, déclara Didi.

C'était à moitié vrai : sa mère y allait.

– C'est de là que je te connais alors, dit Mme Robinson. Nous sommes allés à un pique-nique organisé par le temple il y a deux ou trois ans. C'est là que j'ai dû te voir.

L'attitude de la femme changea. Les yeux tristes paraissaient moins tristes tandis qu'elle montrait à Didi où son « cousin » pourrait ranger ses ustensiles de cuisine.

Cela ne voulait rien dire, songea Didi en partant. Si elle s'était souciée de Motown, c'est-à-dire, s'il l'avait intéressée au point d'éprouver plus que vague attrait physique et reconnaissance parce qu'il les avait aidés, son frère et elle, les choses auraient pu être différentes. Elle aurait pu aimer l'idée de lui trouver un studio et de l'imaginer installé là. Elle haussa les épaules tandis qu'elle arrivait au métro. L'endroit était minuscule mais mieux que celui dans lequel Motown habitait en ce moment.

Ce n'était qu'un petit boulot et non ce qu'il recherchait. Il fut embauché par les blanchisseries Caravel sur la 68e rue.

– Tu livres et tu vas chercher le linge, expliqua la patronne. Quand tu n'as pas de livraisons, tu nettoies l'arrière-boutique. Je ne veux pas te voir dans le magasin, compris ?

Motown comprenait. Il était livreur. Il détestait ce genre de travail. Qu'avait dit le Professeur ? « Si tu fais un travail où tu n'apprends rien, tu paies de ta personne un peu plus au fil des jours. »

Mais au moins il avait un job. Il gagnait cent soixante dollars par semaine, plus quelques pourboires occasionnels. La patronne avait mentionné que trois ou quatre garçons s'étaient succédé au cours du dernier mois et qu'ils « n'avaient pas eu l'air de vouloir rester ».

Motown avait d'abord dit à la femme qu'il réfléchirait, mais quand Didi lui avait parlé de l'appartement, il savait qu'il accepterait l'emploi.

– C'est cinquante dollars par semaine, gaz et électricité compris, avait-elle expliqué.

Il n'avait jamais eu de très bons boulots, ni très réguliers, et le loyer l'effrayait un peu. Cinquante dollars la semaine, ce n'était pas énorme mais il fallait quand même les trouver, pensa-t-il. Et il n'avait pas de meubles pour aménager le studio non plus. C'était mieux quand on avait son propre mobilier.

Ce n'était toutefois pas la raison pour laquelle Motown n'avait pas loué d'appartement jusqu'à présent. Dans tous les immeubles où il avait habité, il savait que sa situation était provisoire. Que d'une manière ou d'une autre, sa vie se transformerait, que les murs ne gémiraient plus de solitude au milieu de la nuit, que les planchers ne craqueraient plus dans l'obscurité, qu'un jour, il vivrait avec quelqu'un. Il en rêvait et à chaque fois, le scénario était différent : il marchait dans Lenox Avenue et soudain, il voyait un homme, grand, aussi noir que lui, non, encore plus noir. Aussi noir que les statues d'ébène qui se trouvaient sur les étagères, dans la boutique du Professeur, appuyées contre leurs supports, gardiennes du patrimoine africain, du savoir contenu dans les livres autour d'elles. Et cet homme grand et noir l'apercevrait également et lui parlerait.

– Comment t'appelles-tu, mon garçon ? demanderait-il.

Sa voix serait profonde comme le tonnerre au loin, et douce aussi.

– Motown, répondrait-il.

– Non, je veux dire, quel est ton nom de baptême ?

Motown regarderait alors l'étranger droit dans les yeux et il aurait le souffle coupé car l'homme lui ressemblerait trait pour trait.

– Frank Williams, dirait-il.

– Je t'ai cherché toutes ces années, reprendrait l'homme. Je suis ton père, tu es mon fils.

Ils s'étreindraient, puis l'homme emmènerait Motown avec lui et ils vivraient ensemble. Voilà ce que signifiait pour lui partager un endroit avec quelqu'un. Un père, émergeant des ténèbres du passé, ou peut-être un ami.

Un jour, il avait rencontré un jeune garçon aux grands yeux bruns qui s'était enfui de chez lui. Il l'avait invité à rester dans la chambre où il habitait à ce moment-là, près de St-Nicholas Avenue. Plus tard, quand le garçon était parti, Motown ne s'endormait qu'à bout de larmes.

C'était ainsi. Lorsqu'un homme devenait un combattant, il lui fallait se rendre dans la maison de son père et invoquer les esprits de tous les ancêtres qui l'avaient précédé. Puis il devait s'asseoir, seul dans le noir, et attendre que ces esprits le guident. C'était la manière de procéder des jeunes garçons africains quand ils atteignaient l'âge adulte, avait raconté le Professeur.

– Je peux les suspendre, dit Motown.

Il observait Didi, debout sur une chaise, ajustant les rideaux qu'elle avait achetés.

– Ça va, répondit-elle.

Elle sauta à terre et recula pour admirer son œuvre.

– Pas mal, tu ne trouves pas ?

– C'est bien, dit Motown.

– Ce sera encore mieux quand le soleil brillera à travers. Je crois que ce studio sera très agréable sous peu. Tu l'aimes vraiment ?

– Oui, répondit Motown.

Ils avaient passé la matinée entière à l'arranger.

– Je les ai achetés avec l'argent de Washington, déclara Didi, en extirpant différents objets d'un sac qu'elle avait apporté. Et la vaisselle vient de la maison. C'est une vraie quincaillerie chez nous.

– C'est quoi, l'argent de Washington ?

– Ce sont des économies qui devaient me servir une fois que je serais à la fac dans l'état de Washington, expliqua-t-elle. J'ai travaillé à mi-temps pendant l'année dans les bureaux administratifs du lycée. Tu aimes les rideaux ?

– Oui, ils sont très jolis.

– Maintenant, tu as besoin d'une radio ou d'un électrophone, ajouta-t-elle. Tu peux en acheter un petit, ça suffira.

– Peut-être.

– Peut-être ? interrogea Didi en le dévisageant. Tu n'aimes pas vraiment cet endroit, hein ?

– Si, je l'aime bien.

Il y avait un placard sous l'évier et Motown avait acheté un petit pot de peinture pour en peindre l'intérieur. Il se pencha pour atteindre les recoins.

– Si tu l'aimes, pourquoi restes-tu si calme ? demanda Didi s'agenouillant à côté de lui par terre. S'il était à moi, je serais tellement contente que je ne tiendrais pas en place.

– Je suis content. Seulement je ne sais pas quoi dire.

– Dis-moi pourquoi tu l'aimes, reprit Didi.

– Parce qu'il est bien.

Motown plongea le pinceau dans la peinture blanche, le secoua au-dessus du pot pour qu'il goutte, puis le passa au bas du placard afin que la peinture bouche les lézardes et ferme ainsi les issues aux cafards.

– Pourquoi les hommes ne peuvent-ils jamais dire ce qu'ils pensent ? demanda Didi. J'espérais que tu serais aussi content que moi.

– Je suis content que tu l'aimes, dit Motown. Cela y fait beaucoup.

– Tu es content que JE l'aime ?

Didi se retourna et s'assit sur le linoléum qu'il venait de nettoyer.

– Ce n'est pas une raison pour...

Soudain elle comprit. Elle le regarda tandis qu'il donnait un petit coup de pinceau au fond du placard puis se leva.

– Si tu penses, déclara-t-elle en rassemblant ses affaires, si tu penses une seule minute que je t'ai aidé à trouver ce studio parce que je ressentais un quelconque sentiment pour toi, et bien tu te trompes.

– Je n'ai pas dit ça, répondit Motown.

– Bon, alors restons-en là.

– Ça serait vraiment terrible, hein ?

Motown referma soigneusement le pot de peinture.

– Si tu avais... qu'est-ce que tu disais ? Si tu ressentais un quelconque sentiment pour moi.

– Écoute, Motown, j'ai des tas de choses à faire de ma vie, reprit Didi, rangeant ses affaires et prête à partir. J'ai vraiment apprécié ton aide. Te donner un coup de main pour trouver cet endroit n'est qu'une faible contrepartie. Mais cela ne signifie pas que je t'aime spécialement, en tout cas pas plus qu'un ami. Tu sais, il y a trop de filles qui s'entichent d'un garçon, et avant d'avoir le temps de dire ouf, elles se retrouvent dans un studio semblable à celui-là, le ventre rebondi. Je veux autre chose.

– D'accord, dit Motown.

– Je ne veux pas te blesser, Motown. Didi baissa les yeux vers l'endroit où il était toujours assis, devant le placard. Tu comprends ça ?

– Oui, dit Motown. Ce n'est pas grave.

Touchy n'aimait pas aller voir M. Bell. C'était un homme d'environ quarante-cinq ans. Il possédait un magasin mal éclairé dans la 42e rue, spécialisé dans les revues scabreuses, les vidéos porno et les peep-shows dans l'arrière-boutique. Bell ne voulait pas que Touchy ou qui que ce soit stationne devant son magasin et attire l'attention, aussi Touchy dut se garer sur la 9e avenue et marcher jusqu'au *Jardin des Plaisirs.*

– Je ne sais pas.

Bell tira sur un gros cigare et souffla des ronds de fumée vers le plafond.

– D'après ce que j'ai entendu dire, tu n'es pas maître de ton propre secteur, alors de là à l'agrandir...

– Je peux vraiment me charger de ce qui s'y passe, répondit Touchy. Je ne comprends pas pourquoi vous songez à envoyer quelqu'un d'autre. Je ne comprends vraiment pas pourquoi.

– Moi je sais pourquoi, répliqua Bell. J'ai cru saisir que tu ne parviens même pas à contrôler tes propres hommes.

– Je n'ai aucun problème de ce genre, déclara Touchy. Une espèce de poule, une idiote, est allée chez les flics mais j'ai tout arrangé.

– Ce n'est pas ce que j'ai entendu dire. Il paraît que tu as essayé de faire tomber quelqu'un et que ça n'a pas marché non plus.

Touchy observa Bell. Il mesurait 1 m 65 au maximum. On aurait dit un nabot qui jouait au caïd. Il portait une bague avec un gros diamant au petit doigt, son cigare était énorme, même ses vêtements paraissaient trop grands pour lui.

– Les gens qui te renseignent n'y connaissent rien, dit Touchy en se demandant de qui Bell tenait ses informations. Je connais mon business.

– Tu ne connais rien ! coupa Bell. Moi, je le connais, mais pas toi. Tu crois qu'on peut être des deux bords, mais c'est impossible. Tu es un de ces types qui ont besoin qu'on les aime. Alors tu te répands en sourires et tu ne règles pas tes comptes pour de bon. Mais c'est idiot, tu comprends ? Parce que même si tu fais plonger le morveux comme tu l'avais projeté, cela ne veut rien dire. Un vague junkie va en prison, et après ? Tu crois que tout le monde pensera que ce n'est pas de ta faute, qu'ils vont continuer à t'adorer ! Voilà un truc pour ta gouverne, petit : le seul type qui t'aime vraiment, c'est le camé quand il te voit arriver avec sa poudre. Mais, dès que l'occasion se présentera, il essaiera de t'avoir. Tu ne peux pas vendre de la dope dans la rue et t'attendre à ce que les gens t'aiment. Si tu as besoin d'être aimé, alors tu n'es pas sur la bonne voie. Il faut que l'argent t'importe plus que les ruines qui habitent Harlem, car même les débris humains n'aiment pas se faire piétiner.

– Ce ne sont pas tous des débris, dit Touchy. Les junkies si. Ils ne valent pas un rond.

– Ils ne sont pas nés drogués, reprit Bell. Si les types de ton genre n'existaient pas, ce ne seraient pas des junkies à l'heure qu'il est.

– Écoute, man, on dirait que tu n'as plus envie de faire des affaires avec moi !

– Ce n'est pas une question d'envie, Touchy. Maintenant file et décide-toi une bonne fois pour toutes.

– Ouais, dit Touchy. C'est ça.

– Hé, tu veux des revues cochonnes ?

Touchy ne répondit pas.

CHAPITRE 6

La lettre provenant de l'université du Wisconsin arriva le 3 juillet. Didi avait oublié qu'elle avait écrit là-bas. Elle avait envoyé une demande un an auparavant mais n'avait reçu aucune réponse, si ce n'est que sa candidature était enregistrée. Elle lut la lettre à deux reprises. C'était une offre de bourse. On lui proposait une bourse partielle, c'est-à-dire qu'elle n'aurait à payer ni frais de scolarité, ni livres, et, si elle le désirait, on lui assurerait un travail qui couvrirait le coût de la pension et son argent de poche. Ils regrettaient de la contacter si tard, mais leur programme de recrutement des minorités ethniques ne s'était clarifié que récemment.

– Qu'est-ce que tu vas faire ?

– Ce que je vais faire ? répéta Didi, les larmes affluant déjà à ses yeux. Qu'est-ce que tu veux dire ?

Mme Johnson tourna son visage vers le mur.

– Le docteur a dit que si j'avais une autre attaque, je risquais de mourir. Je ne te mettrais alors plus à contribution, ma grande.

– Tu ne vas pas mourir, maman, assura Didi.

– Oui, bien sûr, dit sa mère en se redressant

et en s'appuyant sur le coude, et dans ce cas-là, il vaut mieux que tu y ailles.

– Maman ?

– Ne pleure pas, ma grande.

Darlène Johnson tapota la main de sa fille.

– Fais simplement ce que tu penses devoir faire.

– Maman, je ne sais plus où j'en suis, fit Didi en posant sa tête sur l'épaule de sa mère. Si je reste ici et que je suis les cours du soir, cela me prendra cinq, peut-être six ans. Je ne sais pas si j'aurai le courage. Quand j'étais au lycée, je n'ai cessé de me répéter que j'irais à la fac et j'imaginais comment ça serait. Je regardais les matches de football* à la télé et je ne voyais même pas les joueurs, seulement les étudiants dans les tribunes. C'est ce que je voulais devenir : l'un de ces spectateurs dans les tribunes. Je ne veux plus rester ici.

– Tu veux dire par là que c'est dur, ma fille ?

Sa mère leva la tête et fixa Didi droit dans les yeux.

– Tu me regardes avec tes jolis yeux bruns et tu me dis que tu trouves que la vie est dure, n'est-ce pas ma grande ?

– C'était peut-être pire pour toi, maman, mais c'est dur pour moi maintenant. Tellement dur...

Les sanglots l'étranglèrent, bloquant les mots au fond de sa gorge, les étouffant. Elle saisit un torchon et s'essuya le visage.

– C'est dur parce que tu es une fille bien, ma grande, déclara Darlène. Tes désirs sont si intenses et tes rêves si démesurés. Si véhéments.

* *football américain*

Mon Dieu ! Quand Tony et toi vous étiez petits, et que ton père venait de partir, je me suis dit que je vous élèverais le mieux possible, pour faire voir à ton père... lui prouver que je n'avais pas besoin de lui. C'était mon idée, mais cela concernait plus Tony que toi. Parce que tout au fond de moi, je crois que je sentais que, s'il devenait quelqu'un de spécial, si je l'élevais bien, alors ton père serait fier de moi. C'est incroyable, non ? Assise dans la cuisine, pleurant toutes les larmes de mon corps parce que cet homme m'avait laissée tomber, je ne pensais qu'à la façon de reconquérir son estime. Je ne me suis jamais trop demandé ce que tu deviendrais, toi. Non que je ne t'aime pas, Dieu m'en soit témoin, je t'ai toujours beaucoup aimée. Je ne pensais toutefois pas qu'en grandissant, tu rêverais si grand et si fort. Tony se gâche la vie avec cette drogue, et toi, le cœur brisé, tu essaies de conserver un semblant de famille, de recoller les morceaux. Parfois, je me demande à quel moment et pourquoi les choses ont dégénéré, mais plus j'y réfléchis, moins je comprends.

– Tu es au courant pour Tony ?

– J'ai vu bon nombre de braves garçons emprunter cette voie auparavant, mais jamais je n'ai eu aussi mal que lorsqu'il a commencé. Tu sais, je n'arrive pas à en parler sans...

Sa voix s'éteignit et elle détourna les yeux.

Aux dires des gens, Billy Samples était la dernière personne qui se soit frottée à Tutmose.

Billy avait expliqué à une fille comment il allait soutirer un dollar à Tutmose, mais son stratagème ne marchant pas, il s'était fâché et il avait frappé Tutmose à la tempe. Tutmose avait reculé contre le mur et Billy s'était précipité sur lui les deux poings en avant. Tutmose avait saisi Billy par la taille, l'avait jeté au sol et l'avait empêché de se relever. Ils avaient roulé par terre, Billy essayant de frapper le plus fort possible et Tutmose le serrant comme un étau. Finalement, Billy s'était libéré et il avait décoché à Tutmose un coup de poing en pleine figure. Ce dernier le lui avait rendu et la bagarre s'était terminée de cette façon. Tutmose n'était pas un grand boxeur mais il frappait comme un sourd. Depuis, à chaque fois que Tutmose voyait Billy, de jour comme de nuit, le combat reprenait : Tutmose n'avait pas compris pourquoi Billy l'avait attaqué, aussi n'avait-il besoin d'aucune raison pour lui sauter dessus et se battre avec lui dès qu'il le rencontrait.

C'est pourquoi Reggie avait abordé Tutmose, l'ami de Motown, avec prudence, après que Touchy lui eut proposé cinq cents dollars pour « s'occuper » de Motown.

– Salut, Tutmose ! Quoi de neuf, vieux ?

– Je vends un nouveau journal, répondit Tutmose. Il ne coûte que trente cents. C'est le seul quotidien avec des photos en couleurs.

– Tu as vu Motown, récemment ?

– Il passe de temps en temps. Pourquoi, tu as quelque chose à lui dire ?

– Oui. Si tu le vois, dis-lui que j'ai une bonne

raclée en réserve pour lui et que je la lui garde bien au chaud.

– Pourquoi est-ce que tu le cherches ? demanda Tutmose, en pliant soigneusement ses journaux en trois pour les tendre aux gens qui sortaient du métro. Il ne cherche personne, lui !

– Il a la mauvaise habitude de fourrer son nez dans les affaires des autres, déclara Reggie. Je dois veiller à ce qu'il arrête son manège.

– Je ne comprends pas pourquoi tu cherches...

Reggie s'éloigna. Il savait que Tutmose en parlerait à Motown quand il le verrait. Si Tutmose lui disait que Reggie voulait se battre avec lui, il n'y comprendrait rien et deviendrait vulnérable. Il ne l'avait pas bien détaillé dans le hall. Il s'occupait alors de la fille et Motown l'avait surpris. Mais au vu de ce qui s'était passé, il devinait que Motown était fort et qu'il avait du cœur à revendre. Il ne voulait pas l'affronter dans un face-à-face, au coin d'une rue. Ce n'était pas ce qu'avait demandé Touchy de toute façon.

– Ce type a nui à ma réputation, avait dit Touchy. Quand je me balade dans la rue, les gens doivent respecter l'empreinte de mes pas.

– C'est un moins que rien, avait dit Reggie. Une vraie mauviette. Je crois qu'il est un peu cinglé en plus.

– Eh bien transforme-le en punching-ball. Tu te sens à la hauteur ?

– Bien sûr que je me sens à la hauteur, avait rétorqué Reggie.

– Pourquoi ne vas-tu pas au *Sunset* te procurer

un joujou ? Ne le loue pas. Achète-le. Et quand l'affaire sera réglée, jette-le dans un égout.

Reggie n'avait jamais tué personne mais il se dit que ça ne serait pas un problème avec un tel joujou. Il suivit les « conseils » de Touchy, se rendit au *Sunset Bar* et acheta une arme pour soixante-cinq dollars. Touchy lui avait donné deux cent cinquante dollars pour le boulot, en lui en promettant deux cent cinquante de plus quand ce serait fait. Le revolver était chargé. Tout baignait.

Après quoi, il alla traîner autour de l'immeuble où il pensait que Motown habitait et réfléchit à un moyen de le faire sortir. Pas question de pénétrer dans ce vieux bâtiment sans lumière. C'est alors qu'il découvrit que Motown avait déménagé et que la fille avait emménagé avec lui, ou au moins l'avait aidé à déménager. Cela rendit Reggie un peu nerveux. Dans la rue, on disait que Touchy avait donné Tony aux flics parce qu'il leur devait une faveur. Motown s'était débrouillé pour que Tony s'en sorte. À présent, Reggie se demandait si Touchy ne l'avait pas donné lui aussi. Autrement, pourquoi Motown aurait-il déménagé ? C'était louche.

Reggie se dit qu'il allait sonder Motown pour voir ce qu'il savait. S'il ignorait à quel point la situation était sérieuse, il parlerait ou il essaierait de se défendre à l'aide de ses poings. Et alors Reggie le descendrait. S'il était au courant de quelque chose, il porterait sur lui une barre de fer ou peut-être un couteau. Motown n'était pas le genre de type à avoir un flingue, et, même s'il en avait un, il n'était pas du genre à buter quelqu'un, à moins d'y être vraiment forcé. Mais, plus Reggie y réfléchissait, plus il réalisait qu'il ne comprenait absolument pas ce Motown : il vivait comme un clodo et pourtant la sœur de Tony l'aidait à déménager... il devait donc sûrement valoir mieux que ça. Cette fille était maligne, elle était allée au lycée ; non, Reggie ne voyait pas ce qu'elle pouvait bien trouver à Motown...

Motown n'avait jamais imaginé à quel point il ferait chaud dans le pressing. Il y avait l'air conditionné dans la boutique où les clients déposaient et reprenaient leur linge, mais pas derrière, là où marchait la presse et où les vêtements étaient séchés. La chaleur et l'odeur du détachant le vidaient complètement. Quand venait l'heure de partir, il avait du mal à tenir debout. Il n'aurait pas pu le supporter sans les moments où il livrait le linge. Il détestait ce genre de boulot mais il savait qu'il en était de même pour tout le monde et qu'il pourrait donc le garder aussi longtemps qu'il le désirait. Il pensait rester à peu près un an, pour voir combien d'argent il pourrait mettre de côté. Et puis, s'il parvenait à économiser assez, il prendrait une journée de temps en temps afin de chercher quelque chose d'autre. Comme ça, il aurait les moyens de conserver le studio.

Ce qui s'était passé avec Didi avait été moche. Il ne savait pas véritablement l'exprimer avec des mots. Quand il la voyait, quand elle était près de lui, il se sentait tout drôle. C'en était presque gênant. Il était déjà sorti avec d'autres filles, certaines quasiment aussi jolies que Didi, mais il n'avait jamais ressenti la même chose qu'en sa présence à elle. Et puis, lorsqu'elle avait déclaré qu'il n'y avait rien de spécial entre eux, cela lui avait fait mal. Très mal. Même s'il n'avait jamais cru qu'il y ait quoi que ce soit entre elle et lui.

Il toucha ses clés du bout des doigts comme il le faisait cent fois par jour. Elles avaient une grande importance pour lui. C'était la première fois de sa vie qu'il possédait un endroit à lui, qu'il ne dormait pas dans un coin d'où il risquait de partir le lendemain ou auquel il ne voulait pas s'attacher parce qu'il appartenait à quelqu'un d'autre. Didi avait changé cela. Elle pensait différemment de lui et elle lui avait imposé sa vision des choses, ne prenant même pas en compte la façon de voir de Motown.

Des frères musulmans vendaient de l'encens au coin de la rue. Le Professeur en brûlait souvent et pourtant Motown n'aimait pas cela.

« Quand Noé est descendu de l'arche, qu'il a posé un pied sur la terre sèche, disait le Professeur, il a offert un feu d'herbes odorantes au Seigneur, pour le plus grand plaisir de ce dernier. »

D'autres frères vendaient des statues soi-disant africaines et Motown se dit qu'il en achèterait peut-être une ou deux pour décorer son appartement quand il aurait quelques économies.

Il songea à différents projets qu'il avait : par exemple construire une étagère et acheter des livres au Professeur. Le Professeur ! Il n'avait guère pensé à lui depuis son déménagement. Il l'inviterait un soir pour dîner. Il était souvent allé chez le vieil homme partager les repas frugaux qu'il préparait. Maintenant, il pourrait lui rendre l'invitation. Les pensées de Motown tournaient autour du Professeur, du repas qu'il confectionnerait lorsqu'il l'inviterait. Il faudrait qu'il apprenne à cuisiner. Cela ne paraissait pas très difficile. Il avait déjà fait des saucisses et du riz bouilli à l'eau. Il pourrait acheter une poêle et apprendre à frire du poulet.

– Bonjour.

La voix de Didi fit sursauter Motown. Il leva les yeux et la découvrit, assise sur les marches. Elle portait un pantalon foncé et une chemise sans manches.

– Salut.

– J'ai reçu des mauvaises nouvelles aujourd'hui, expliqua Didi. Je n'avais pas envie de rester à la maison alors je suis venue voir ce que tu faisais. Tu reviens juste du travail ?

– Oui, répondit Motown en se demandant quels mots employer avec cette fille. Tu veux... monter boire quelque chose ? Un café ou un soda, peut-être ?

– J'ai apporté une des poêles de ma mère et des hamburgers. Je pensais que je pourrais te préparer à dîner si tu n'avais pas encore mangé. Tu as déjà mangé ?

– Non, dit Motown. C'est quoi les mauvaises nouvelles ?

– Je te raconterai là-haut.

Ils montèrent. Motown jeta un coup d'œil circulaire dans la pièce. Ça allait. Il y avait un tee-shirt sur le dos d'une chaise. Il le prit et le mit dans la taie d'oreiller qui lui servait de sac à linge sale. Il ouvrit une fenêtre tandis que Didi sortait la viande de son emballage.

– J'ai reçu une offre de bourse de l'université du Wisconsin, aujourd'hui, déclara-t-elle.

– Ça peut être bien, dit Motown.

– Je t'ai déjà dit que ma mère était malade ?

– Non. Tu ne m'as jamais parlé de ta mère, ni beaucoup de toi non plus.

– Elle ne va pas bien, reprit Didi. Et elle est incapable de se prendre en charge. Elle a toujours eu tendance à être un peu déséquilibrée. C'est ce qu'on dit je crois dans ce cas-là. Et puis, récemment, elle a eu une petite attaque. Tu sais ce que c'est ?

– Je connais des gens qui en ont eu, acquiesça Motown.

– Bref, elle s'en est plus ou moins remise, continua Didi.

Elle aplatit le hamburger avec la paume de sa main. Puis elle coupa un oignon et en recouvrit la viande.

– Tu as des œufs ?

– Dans le frigo, dit Motown, content d'en avoir.

– Avec elle malade et Tony qui bousille sa vie vitesse grand V, je me sentirais coupable si je partais là-bas, même si j'ai terriblement envie d'y aller, expliqua Didi.

Elle cassa un œuf dans un bol qui se trouvait

sur une étagère et se mit à le mélanger à la viande et l'oignon.

– Tu sais, quand j'ai vu la lettre, je me suis sentie mal. Je voulais tellement... est-ce que tu as déjà désiré quelque chose plus que tout ?

– Des tas de choses.

– Je suis sûre que tu n'as jamais souhaité quelque chose autant que moi d'aller à la fac.

– Sans doute pas.

La bouteille d'huile était celle que Didi avait apportée lorsqu'elle avait aidé Motown à aménager le petit studio la première fois. Elle regarda combien il en avait utilisé et vit qu'il ne s'en était pas servi.

– Quelle est la chose que tu as désirée le plus au monde ? demanda Didi. L'appartement ?

– Je ne sais pas.

Motown réfléchit un moment à une réponse.

– Un frère, peut-être.

– Oh.

Elle dévisagea longuement le garçon puis se retourna. Elle versa de l'huile dans la poêle, alluma le gaz et laissa l'huile chauffer tandis qu'elle confectionnait les hamburgers.

– C'était quoi les mauvaises nouvelles ? demanda Motown.

– C'était ça, dit Didi. Ne pas pouvoir aller à la fac.

– Tu iras à la fac dans New York alors ?

– Je n'en ai pas envie mais peut-être que je le ferai quand même si j'ai le choix entre ça ou rien, répondit Didi en réglant la flamme. J'essaierai de toute façon de faire quelque chose.

– Je croyais que les mauvaises nouvelles, c'était au sujet de Tony, reprit Motown.

– Pourquoi ?

– Je ne pensais pas que tu reviendrais.

– Je... commença Didi, respirant profondément. Tu sais, je n'ai même pas repensé à ce que j'avais dit l'autre jour. J'avais besoin de sortir de chez moi et je me suis dit que... Motown, je suis désolée.

– Pas moi. Moi, je suis juste content de te revoir.

– Tu es si gentil, s'exclama Didi. Vraiment ! Elle s'approcha de lui et déposa un baiser léger sur sa joue tandis qu'il s'asseyait sur le lit.

– Tu sais, dit-elle en retournant vers les hamburgers, si tu étais debout, je pourrais presque atteindre tes lèvres si je voulais t'embrasser.

– Pourquoi dis-tu ça ? demanda Motown.

– Parce que j'y pensais. Je veux dire, je n'y pensais pas sérieusement mais ça m'a traversé l'esprit.

– Je ne suis pas très grand, acquiesça Motown. Et même si je l'étais, je me pencherais si tu voulais m'embrasser.

Didi se détourna à la hâte, saisit un couteau et se concentra sur la cuisinière. Elle ne voulait absolument pas commencer quoi que ce soit avec Motown. Elle avait songé à l'embrasser pourtant, se demandant s'il serait obligé de se pencher. Elle s'imaginait essayant d'atteindre ses lèvres, se hissant même sur la pointe des pieds. Il avait de beaux yeux et s'il les gardait ouverts, elle ne fermerait pas les siens non plus.

– Comment va Tony ?

– Toujours pareil, répondit Didi. Il prétend que ça va bien. Qu'il avait un problème mais que dorénavant, il diminue les doses. Je ne sais pas, c'est peut-être vrai. Qu'est-ce que tu en penses ?

– Si tu te shootes dans les veines un truc qui n'est pas censé y être, dit Motown, c'est que ça ne va pas bien.

Les hamburgers étaient grillés d'un côté et Didi les retourna.

– Je crois que tant que je reste, il y a une chance qu'il s'en sorte. Même s'il ment parfois, du moins il tente de se prendre en main. Tu comprends ?

– Les gens doivent se sortir de tant de choses, dit Motown. C'est dur d'essayer de tout faire à la fois.

– Oui. Didi se campa face à Motown. Tu sais pourquoi j'ai tellement envie d'aller à la fac là-bas ? C'est parce que j'en ai assez d'affronter tous ces trucs, ici. Je ne veux pas aller en cours et avoir affaire aux poivrots dans la rue en revenant. Je ne veux pas me sentir responsable de mon frère parce qu'il se drogue. Je veux simplement suivre des cours et penser à ce que j'ai envie de faire du reste de ma vie. Tu ne ressens jamais cela ?

– La plupart du temps, je me demande seulement ce que je vais faire d'un jour sur l'autre, dit Motown. Quelquefois, je pense à ce que font les gens dans le quartier. Ce type que je connais, celui que j'appelle le Professeur, il me prête des livres, et ensemble on parle des gens autour de nous qui ont l'air de faire une chose mais qui en réalité en font une autre.

– Comme quoi, par exemple ? demanda Didi.

– Ils se droguent et ils prétendent que ça leur fait du bien quand en réalité, ça les tue.

– S'ils en prennent trop, ils meurent d'une overdose ou ils se font descendre dans la rue parce qu'ils agressent les passants pour en acheter davantage, reprit Didi. On ne voit pas de vieux junkies sur le trottoir.

– Ce n'est pas ce que je veux dire. Tu parles du corps, de la mort du corps. Moi, je parle de l'autre mort, celle de l'esprit. Tu dis que tu veux aller à la fac, hein ?

– Oui, continue.

– C'est l'image que tu as de toi. Et tu es coincée à cause de ta mère et de Tony, alors tu t'imagines que cela tue ta vraie vie. Les gens qui se droguent, eux, laissent la came tuer leur vie spirituelle parce qu'ils ne sont pas assez forts pour la prendre en main. Moi, en ce qui me concerne, je me vois ici.

– Quel genre de vraie vie, de vie spirituelle, mènes-tu par ici, Motown ? Je ne veux pas te rabaisser mais tu ne mènes pas une existence de premier choix, mon vieux !

– Je n'ai pas dit de premier choix, j'ai juste dit vraie. Ce que je fais, je le fais pour de bon et en toute connaissance de cause. Je ne prétends pas non plus que c'est toujours bien.

– Je ne peux pas gober ça, répliqua Didi. Ce que tu fais de ta vie peut te sembler vrai, mais est-ce que tu ne veux pas davantage, autre chose ? Qu'est-ce que tu attends de la vie ?

– Surtout être entouré de gens bien.
– Ici ?
– Pourquoi pas ? Un grand sourire éclaira le visage de Motown. Si je leur assure qu'ils font de bons hamburgers, ils resteront peut-être dans les parages...
– La prochaine fois que je me sentirai déprimée, j'emmènerai mes hamburgers ailleurs, décréta Didi en souriant.
– Tu as un petit ami ? demanda Motown.
– Pas spécialement. Et toi ?
– Je crois que je n'ai jamais eu une petite amie, répondit Motown.
– Ce qui veut dire ?
– Ce qui ne veut rien dire de particulier.
– Alors pourquoi tu me souris ?
– Pourquoi toi, tu me souris ?
– Je ne te souris pas à toi, expliqua Didi. Je souris à cause de ce que tu as dit au sujet des hamburgers.
– Et moi je souris parce que je suis content que tu sois là.
– C'est gentil de le dire. Vraiment gentil.
Motown se leva et se dirigea vers Didi qui déposait un hamburger cuit sur un petit pain. Il prit sa main et l'embrassa. Elle le regarda, surprise, en souriant. Puis elle se pencha légèrement, approchant son visage du sien et ferma les yeux tandis qu'ils s'embrassaient à nouveau.

CHAPITRE 7

Discuter avec Motown était une chose. Être reconnaissante parce qu'il l'avait secourue en était une autre. Elle l'avait aidé à aménager son studio en gardant ses distances, pour la simple raison que ce serait intéressant, amusant aussi. Mais se retrouver soudain debout, son corps contre le sien, la paume de sa main caressant sa joue, ses lèvres sur les siennes, c'était une autre histoire. « Non, se dit-elle, ça ne se peut pas. » Mais son cœur battait plus vite et elle étreignit les larges épaules de Motown. De son bras, il lui encercla la taille et la serra encore plus fort contre son corps ferme. Leurs visages s'éloignèrent un instant et c'est Didi qui rapprocha à nouveau sa bouche de la sienne, se lovant contre lui au point qu'il en perdit presque l'équilibre.

- Non ! Elle se détacha subitement. Non !

Elle s'éloigna de lui, cherchant ses affaires. La pièce paraissait plus petite que jamais ; elle se sentait oppressée, suffoquée. Elle saisit ses clés, son sac et tituba jusqu'à la porte.

- Didi ?

La voix était douce dans son dos mais elle ne se retourna pas, elle ne pouvait pas se retourner.

Elle descendit les escaliers et sortit. L'air du soir était lourd et étouffant. Sur le chemin du retour, elle sentait toujours l'empreinte des lèvres du garçon sur les siennes, la marque de son corps contre le sien.

Les rues... les rues semblaient différentes. Les couleurs couraient de personne en personne. Le noir se mélangeait au marron, au beige, au jaune, au blanc cassé, se fondant et éclatant dans l'air chaud de Harlem ; des couleurs comme elles ne lui étaient jamais apparues auparavant. Rouge, vert, jaune... Était-ce une fête ? Un carnaval ? Les immeubles exhibaient leurs angles, mêlant leurs lignes à celles des réverbères et des abris-bus. Était-ce ce qu'on ressentait quand on planait ? Ce que ressentaient les drogués, perdus, hébétés, à peine capables de se diriger dans des rues aussi familières que leur propre chambre ?

Réfléchir, il fallait réfléchir. On pouvait tromper son cœur mais pas sa tête. Bon, alors, que s'était-il passé ? Elle examinerait chaque mouvement, chaque incident et comprendrait ainsi précisément pourquoi les choses s'étaient déroulées de cette manière.

D'abord, elle s'était rendue chez lui pour lui préparer à dîner. C'était une attention gentille. Elle s'était dit qu'il apprécierait. Au départ, elle pensait ne plus jamais le revoir, et puis elle avait eu envie de savoir s'il était bien installé dans son nouveau chez-lui. Elle aimait son studio, la façon dont elle l'avait aménagé pour lui.

« Réfléchis bien, se dit-elle. Oui, ça s'était bien

passé ainsi. Elle s'intéressait à ce qu'il faisait, à l'appartement, et à la part qu'elle avait prise à le rendre accueillant. N'avait-elle pas apporté deux paires de rideaux, accroché l'une devant la fenêtre et cousu l'autre afin de confectionner un dessus de lit pour le divan escamotable. Elle avait imprimé sa touche à l'endroit. Voilà ce qui lui importait. Et puis, oui, elle lui avait déposé un léger baiser sur la joue, pour jouer, à la façon dont des amis s'embrassent. C'est à ce moment-là que ça s'était gâté : il n'avait pas compris ses intentions et il s'était imposé. Il s'était approché d'elle, lui avait relevé le visage et il l'avait embrassée. Il avait posé ses lèvres sur les siennes et elle s'était sentie...

« Non, je ne dois pas y penser. »

C'était fini. Elle n'y retournerait plus. Elle lui écrirait peut-être un mot. Elle lui expliquerait à quel point elle était désolée qu'il ait mal interprété son geste.

Cher M. Williams, je suis vraiment désolée que vous n'ayez pas compris mon geste de l'autre jour, et que vous ayez pris l'initiative de m'embrasser. Il va de soi, bien sûr, que vous ne me reverrez plus jamais. Bien à vous, Didi Johnson.

– Tu veux manger quelque chose ?

Sa mère était sur pied et à l'ouvrage.

– Non, répondit Didi, surprise que sa mère soit debout.

Elle aurait voulu lui demander comment elle

se sentait mais elle désirait plus que tout être seule pour le moment.

– Je suis désolée d'être malade, ma chérie. Vraiment désolée.

– Ne t'en fais pas. Les choses vont s'arranger. Ne t'inquiète de rien.

Tony rentra à cet instant. Il avait trouvé un job à Brooklyn. Didi remarqua à quel point il avait l'air fatigué et mauvaise mine.

– J'ai l'impression que maman va mieux, dit-elle pour engager la conversation.

– Ah oui, tant mieux, répondit Tony.

Son haleine sentait l'alcool.

– Comment s'est passée ta journée ?

– Bien, j'imagine.

Tony se retourna.

– Il y a du poisson dans la cuisine si tu as faim.

– Il faut que je sorte, déclara Tony. Je m'achèterai un sandwich.

– Ça va ?

– Ouais.

Juste « ouais ». Pas « mêle-toi de tes affaires », pas de colère soudaine parce que sa sœur aînée se faisait du souci pour lui. Tony n'était pas tiré d'affaire, songea Didi. Il buvait au lieu de se droguer. Ou du moins, elle le voyait boire mais plus se droguer.

Elle avait entendu parler de centres qui accueillaient les gens comme lui plusieurs mois durant, jusqu'à ce qu'ils soient guéris. Elle essaierait de convaincre Tony d'y aller. Ils n'étaient pas très proches l'un de l'autre ces derniers temps, mais il savait qu'elle tenait à lui.

S'il n'arrivait pas à s'en sortir seul, il l'écouterait peut-être.

C'était exactement le genre de situation qu'elle ne voulait pas affronter : elle aurait aimé être entourée de gens ne pensant qu'à devenir médecins ou professeurs, ou ayant des aspirations romantiques et non des problèmes de drogue.

Lorsqu'elle entendit la porte se refermer derrière Tony, elle alla jeter un œil sur sa mère dans la pièce à côté. Elle était endormie. Didi repoussa les cheveux qui recouvraient son visage et remonta l'édredon sur elle.

Elle regarda ensuite les nouvelles à la télévision. Un chauffard avait renversé un piéton avant de prendre la fuite. Et puis un type avait agressé une fille cubaine. Le reporter interviewait les gens du quartier, principalement des mères inquiètes qui se demandaient pourquoi la police n'arrêtait pas les délinquants. Soudain, Didi se redressa vivement. Elle avait cru reconnaître quelqu'un dans le fond. Elle regarda attentivement l'écran. La caméra balaya à nouveau la foule. La voix du reporter poursuivait son commentaire tandis qu'on voyait de jeunes enfants faire des signes de la main.

Le visage qu'elle avait cru reconnaître réapparut. Non, ce n'était pas Motown. C'était quelqu'un de moins beau, quelqu'un dont le port de tête n'était pas aussi fier, dont les épaules n'étaient pas aussi larges et carrées ni le torse aussi musclé. Didi alla se coucher en se disant de ne pas rêver.

Lorsqu'elle se réveilla, le matin suivant, elle se força à ne pas penser à Motown. Sa décision était prise. Elle ne le reverrait plus, point final. Ce garçon manquait vraiment trop de discernement. Bref... elle ne voulait plus avoir affaire à lui qu'en cas de nécessité absolue. Elle songea à appeler Bob Napier, un garçon avec lequel elle était sortie une ou deux fois et qui avait été admis à l'université de Pennsylvanie. Il collectionnait les pièces de monnaie et adorait la musique classique. Peut-être pourrait-elle passer une partie de l'été en sa compagnie. Il avait toujours eu un faible pour elle.

Ce jour-là, sa mère se réveilla plus fatiguée que d'habitude. Didi réalisa qu'ayant vu Darlène sur pied la veille, elle avait immédiatement espéré une guérison miraculeuse qui lui permettrait, en fin de compte, d'aller à la fac dans le Wisconsin.

– Comment te sens-tu, ce matin ? demanda Didi.

– Un peu fatiguée, répondit sa mère. J'ai une douleur dans le bras.

– Quel bras ? interrogea Didi, se souvenant qu'une douleur dans le bras gauche était parfois le signe précurseur d'une attaque.

– Le gauche, dit sa mère. Je l'ai cogné contre la porte du placard et mon coude me fait souffrir. C'est de ma faute, j'avais laissé la porte ouverte.

– Tu t'es soignée ? reprit Didi, soulagée qu'il ne s'agisse que d'un hématome.

– J'allais le faire quand tu es rentrée. Mais tu paraissais si bouleversée... Je déteste te voir dans un tel état, Didi, vraiment.

– Ce n'était rien, maman. Rien qu'un idiot qui m'a embrassée. Tu veux du café ?

– Dans la rue ? questionna sa mère, alarmée. Il t'a touchée ?

– Non. Didi ne put s'empêcher de sourire. Dans son appartement. Je... je l'aidais à l'arranger mais je ne m'attendais pas à ce qu'il m'embrasse.

– C'est quelqu'un que tu connais alors ?

– Oui, je le connais. Didi rinça la cafetière qui était déjà propre. Il est plutôt gentil.

– Qu'as-tu fait quand il t'a embrassée ? demanda sa mère, plus détendue à présent. Tu l'as embrassé toi aussi ?

– Plus ou moins. Mais c'est terminé. Je ne l'aime pas comme ça. Il m'a rendu un service un jour et je le lui retournais. J'imagine qu'il a cru que cela signifiait autre chose.

– Les hommes sont comme ça, dit Darlène. C'est la raison pour laquelle tu étais toute chamboulée quand tu es rentrée ?

Didi versa soigneusement le café dans le filtre, le plaça au sommet de la cafetière qu'elle posa sur la cuisinière.

– Le café sera prêt sous peu. Si tu veux t'allonger, je te l'apporterai.

– Non, déclara Darlène. Je reste debout. Je ne retrouverai pas mes forces si je reste au lit. À quoi il ressemble, ce garçon ?

– Il est moche, répondit Didi, en se souriant à elle-même.

C'était étrange. Elle avait envie de parler de lui à sa mère, de lui raconter qu'il avait osé l'embrasser comme si elle n'attendait que cela. Et qu'il n'avait aucune des qualités qu'elle recherchait chez un petit ami.

– Vraiment moche ? demanda sa mère.

– Tu crois que je l'aime bien, hein ?

– C'est agréable d'avoir des soupirants, qu'on les aime ou pas, répondit sa mère.

C'était vrai. C'était agréable d'être aimée par Motown, même si elle n'éprouvait aucun sentiment particulier pour lui. Cela expliquait ce qu'elle ressentait, ce picotement intérieur, cette espèce de nervosité quand elle pensait à lui.

– Je ne veux pas qu'il pense qu'il a la moindre chance de devenir plus qu'un ami pour moi, reprit-elle. Quelquefois, on a du mal à prévoir comment ils vont réagir.

– Surtout quand ils sont laids, ajouta sa mère.

– Il n'est pas vraiment laid.

– Je m'en doutais.

Elles burent leur café, mangèrent des toasts à la cannelle et sa mère lui posa quelques questions au sujet de Tony. Elle lui dit également qu'elle avait trouvé une bouteille d'alcool vide dans l'armoire de sa chambre. Peut-être qu'elle avait tort de penser qu'il prenait « l'autre chose ».

Didi répondit qu'elle croyait elle aussi qu'il avait arrêté. En vérité, elle n'en savait rien et ne voulait rien savoir jusqu'à ce que Tony soit prêt à lui en parler ou à aller se faire soigner. Ce serait une ironie du sort, pensa-t-elle, si après tous ses rêves de partir du quartier, c'était finalement Tony qui le quittait, ne serait-ce que pour un centre de désintoxication.

Didi songea à trouver un nouveau travail. Elle avait laissé ses coordonnées au conseiller du lycée mais rien ne s'était présenté, sinon des jobs de serveuse dans des restaurants genre fast food. Au bout d'une semaine de vacances environ, elle passait plus de temps à penser à sa situation d'étudiante qu'à un travail. Et pourtant, si elle devait rester à New York, il faudrait qu'elle travaille.

Sa mère retourna se coucher et s'endormit rapidement. Didi sortit acheter le journal et éplucha les petites annonces. La plupart des offres provenaient d'agences d'intérim. Les autres annonces proposaient des emplois de secrétaire. Il y en avait une qui offrait un poste d'assistante dans une maison d'édition. Ils cherchaient quelqu'un qui « aime les livres et apprenne rapidement ». Elle appela le numéro et tomba sur une femme qui se confondit en excuses car l'annonce ne mentionnait pas que la personne devait détenir un diplôme universitaire.

Didi ne s'était inscrite qu'à une seule université locale : City University. Elle s'était dit alors que ce serait seulement en dernier recours, presque comme le lycée. Elle habiterait toujours au même endroit, vivrait toujours le même genre d'existence. Mais n'était-ce pas mieux que de ne pas aller du tout à la fac ?

Elle chercha les papiers d'inscription et appela le bureau concerné.

Pourquoi avait-elle attendu si longtemps ? Ne réalisait-elle pas qu'il y avait énormément de demandes ? Elle avait encore une petite chance d'être admise si elle venait immédiatement remplir les papiers nécessaires. Bien sûr, elle pouvait toujours suivre les cours en auditeur libre, mais dans ce cas-là, elle n'obtiendrait pas de diplôme, ni aucune aide financière.

Didi se changea ; elle enfila une jupe bleu clair et une blouse jaune bordée d'un liseré bleu, puis elle passa un bon quart d'heure à essayer de trouver une ceinture bleue avant de se décider pour la noire brillante qu'elle s'était achetée récemment. Elle prit le chemin de City University.

Quand elle rentra, il était presque cinq heures. Elle prépara des croquettes au jambon, du riz et des petits pois pour elle et sa mère.

Darlène critiqua le repas mais déclara qu'elle se sentait mieux. Elle raconta qu'elle avait mangé une tarte aux myrtilles que Tony lui avait rapportée. Il dormait à présent dans sa chambre. Quand Didi y pénétra, elle vit une bouteille de whisky bon marché qui traînait près de son lit. Tony n'avait jamais été un grand buveur et elle était étonnée qu'il le soit soudain devenu.

Elle fit la vaisselle puis dénicha un jeu de cartes pour faire une partie de rami avec sa mère, mais Darlène était déjà retournée se coucher. Didi alluma la télévision, changea de chaîne sans trouver d'émission qu'elle ait vraiment envie de regarder, avant d'opter finalement pour « Histoires incroyables ». La sonnerie de la porte d'entrée retentit à ce moment.

– Motown, qu'est-ce que tu fabriques ici ? demanda Didi, essayant de prendre un air contrarié.

– Je suis passé pour voir si tu étais toujours fâchée, répondit-il.

– Je ne suis pas fâchée ; en vérité, je n'y ai plus du tout repensé après mon départ.

– Je peux entrer ?

– Non. Je ne crois pas que ce soit une bonne idée. Si tu veux, on peut aller faire un tour...

Peut-être que s'ils avaient parlé, cela se serait passé différemment. Didi aurait pu lui expliquer qu'elle ne ressentait rien pour lui et qu'il valait mieux qu'il le sache afin de ne pas souffrir. Lui dire qu'elle ne regrettait pas vraiment qu'ils se soient embrassés mais que cela ne signifiait rien de plus qu'une attirance soudaine l'espace d'une chaude après-midi.

Mais ils ne parlèrent pas. Il ne prononça pas un mot, silencieux comme il l'était si souvent, et elle resta également muette au cas où il penserait à leur baiser de la même façon qu'elle et bien qu'elle eût l'impression qu'il avait beaucoup plus d'importance à ses yeux à lui. Sinon pourquoi serait-il venu frapper à sa porte ?

– De quoi veux-tu parler ? demanda-t-elle.

– De rien de spécial.

– Alors pourquoi as-tu fait le détour jusqu'à chez moi ?

Didi s'arrêta près d'un banc du parc.

– Je pensais à toi, dit-il. Et quand je pense à toi, je me sens bien. Très bien. Je me sentais bien, alors je suis venu te voir.

– Cela n'a pas de sens, déclara Didi.

Ils se remirent à marcher ; leurs bras s'effleuraient à peine. Didi se dit qu'elle devrait faire du jogging ou un autre sport : elle avait déjà le souffle court. Elle regarda Motown qui lui rendit son regard en souriant. Elle ne pouvait pas le laisser croire que se promener avec lui avait une quelconque importance pour elle.

– Écoute, Motown, il faut que ça soit bien clair entre nous, commença-t-elle. Ce... tu sais... ce qui s'est passé chez toi ne voulait rien dire et il faut s'assurer qu'à l'avenir, cela ne se reproduira plus. Essaie de comprendre que pour moi, ça ne signifiait rien.

Ils étaient dans le parc ; Motown fit volte-face et s'éloigna. Elle le regarda traverser la pelouse à pas lents.

Une fille vêtue d'un jogging s'installa sur un banc, un walkman sur les oreilles. Un vieil homme jouait de la flûte, les poils blancs de son torse nu luisant dans le soleil couchant, une serviette étendue devant lui. Motown se dirigea vers un coin d'ombre sous un orme et s'assit.

Didi ne le quitta pas des yeux : il contemplait la rivière, lui tournant le dos. Finalement, elle fit demi-tour et partit dans la direction opposée. Elle marchait lentement, se demandant s'il la rejoindrait, s'arrêtant de temps à autre pour observer des enfants qu'accompagnaient leurs mères. Elle remarqua une fille noire qui lisait, un petit garçon blanc jouant par terre à ses pieds. Didi se demanda combien elle était payée pour s'occuper du bébé. Elle jeta un coup d'œil vers l'endroit où Motown était toujours assis.

Quand il s'était éloigné d'elle sans dire un mot, elle avait commencé par regretter ses paroles, craignant de l'avoir blessé. Mais à présent, c'était elle qui se sentait blessée. Motown était simplement parti, la plantant là où elle prétendait vouloir être, sans lui.

Elle se tourna brusquement, ses lèvres charnues esquissant une moue de contrariété. Elle se dirigea vers lui et s'immobilisa juste derrière son dos. Il leva les yeux sur elle, une main contre son front pour se protéger du soleil.

– Bon, alors qu'est-ce que tu en penses ? demanda-t-elle. Je veux dire, tu ne me connais pas suffisamment pour que ça soit vraiment si important pour toi, de toute façon !

Motown sourit.

– Ce n'est pas une réponse de sourire, reprit Didi.

– Pourquoi est-ce que tu ne t'assieds pas ?

Didi s'assit, assez loin de lui pour qu'il comprenne bien qu'elle était contrariée.

– Je suis assise, déclara-t-elle. Et toi, tu souris toujours. Qu'est-ce qui est si drôle ?

Motown ramassa une touffe d'herbe et la frotta contre sa paume jusqu'à ce que la terre en tombe.

– Si j'avais quelque chose d'intéressant à dire, je le dirais, mais je n'ai rien de spécial en tête. Si je trouvais les mots qu'il faut, je les prononcerais. Je sais que tu ne ressens rien parce que tu n'arrêtes pas de le répéter. Mais je sais aussi ce que moi je ressens lorsque je pense à toi.

– Qu'est-ce que tu ressens ? questionna Didi, devinant qu'elle n'aurait pas dû poser cette question.

– C'est comme si je venais de découvrir un truc formidable, répondit Motown.

Didi se tut. Elle regarda au loin et vit que le

vieil homme à la flûte avait été rejoint par une femme. Elle était sensiblement plus jeune que lui, sans doute d'une dizaine d'années, mais ils avaient probablement tous les deux dépassé la soixantaine, se dit Didi. Une lumière douce filtrait à travers la brume. Elle détailla Motown. Il aurait été plus séduisant s'il avait porté une chemise plus seyante. La sienne était en coton, sans col. Un col mettrait son visage en valeur, songea-t-elle.

– Et qu'est-ce que tu as découvert ? demanda Didi.

– À quel point c'est bon d'être avec toi.

– Oui, euh... tout de même, tu n'aurais pas dû m'embrasser, insista-t-elle.

– Je sais.

Motown la dévisageait. Il ne souriait pas. Il respirait le calme, la maîtrise de soi naturelle.

– Et pourtant je suis content de l'avoir fait.

– Je n'aurais pas dû te rendre le baiser, ajouta Didi.

Elle sourit en contemplant le mètre ou deux qui les séparaient. Au loin, le soleil déclinait, à peine une trace de sa rondeur encore visible à l'horizon. Elle se demanda comment elle allait s'y prendre pour combler la distance entre eux. Décidant que la manière importait peu, elle se rapprocha de lui.

D'abord il crut qu'elle était sur le point de partir. Même quand elle se retrouva tout contre lui, il n'était pas sûr de ses intentions. Elle posa ses doigts sur sa poitrine, les écarta et l'embrassa entre son pouce et son index. Ensuite, elle souleva ses deux mains et doucement, effleurant à peine ses muscles tendus, elle les laissa descendre jusqu'à sa taille puis dans son dos aussi loin que possible et elle le serra fort, s'agrippant à lui comme si elle craignait de le lâcher tout en ayant peur de le tenir si fort.

Il l'embrassa doucement, lentement. Elle approcha son visage du sien. Il embrassa son cou et ses épaules. Elle murmura son nom puis se détacha un instant et le contempla, paraissant le voir pour la première fois.

– Ça va ? demanda-t-il.

– Douceur... Ses lèvres formèrent délicatement ce mot. Douceur...

– Didi...

Il répéta son nom, ne connaissant pas de meilleurs mots, plus doux ou plus convaincants.

– Embrasse-moi.

Il l'embrassa avec une patience infinie, à la manière d'un homme affamé prétendant ne pas avoir faim. Didi l'embrassa à son tour, se disant à elle-même que c'était impossible, que cela ne pouvait se passer ainsi ; elle étreignit ses bras forts qui ne savaient que faire de sa douceur et de son ardeur, de son désir pour lui.

Combien de temps s'embrassèrent-ils et ensuite, combien de temps restèrent-ils simplement là, serrés l'un contre l'autre, Motown l'ignorait. Quand ils relâchèrent leur étreinte, il faisait frais et le soir tombait rapidement. Didi se leva, défroissa sa jupe et, sans force, s'appuya contre l'arbre. Motown était à ses côtés, retirant des brins d'herbe de ses cheveux. Elle lui arrivait à l'épaule ; elle leva les yeux sur lui. La chaînette qu'elle portait autour du cou était sur sa blouse. Elle n'esquissa pas un seul geste tandis qu'il la reglissait à l'intérieur et ajustait son col.

– Motown, je préfère que tu ne me ramènes pas, dit-elle. J'ai besoin d'être seule.

– Tu veux passer chez un de mes amis ? demanda-t-il. Juste un instant.

– D'accord, répondit-elle, curieuse de voir le genre de personne que fréquentait Motown.

Il y avait du monde dans la librairie *L'esprit de la vie* lorsqu'ils arrivèrent. Le Professeur était interviewé à l'occasion d'un reportage sur les librairies de Harlem. Motown et Didi feuilletèrent quelques livres jusqu'au moment où le Professeur réussit à se libérer.

– Ils insistent pour m'emmener dîner, dit-il en s'approchant d'eux.

– Je suis juste passé vous dire bonjour, expliqua Motown.

– Et cette charmante jeune personne ?

Le Professeur sourit.

– Une amie, répondit Motown, essayant de réprimer le sourire qui éclairait son visage.

– Comment allez-vous, amie de Motown ?

– Didi. Je m'appelle Didi Johnson.

– Motown, je dois partir avec ces gens, reprit le vieil homme. Si quelque chose tente cette jeune demoiselle, donne-le lui pour moi.

– Il est tard, déclara Didi, il faut que je rentre.

– Peut-être une autre fois...

Didi acquiesça.

Dehors, Motown souriait toujours. Il était content que le Professeur ait vu Didi.

– Tu es très surprenant, dit Didi. Agréablement surprenant.

– Est-ce que je peux venir te voir demain ? demanda-t-il. C'est-à-dire, si tu n'es pas trop occupée ?

– Non, appelle-moi, répondit-elle. Laisse-moi d'abord reprendre mes esprits, d'accord ?

– Pas de problème.

Il la raccompagna jusqu'à Saint-Nicholas Avenue. Là, elle lui serra brièvement la main et se dirigea, seule, vers son immeuble. Motown était tellement sous le choc du moment qu'il se rendait à peine compte de ce qui se passait autour de lui. Il s'arrêta pour acheter un hamburger et un coca, les mangea de bon appétit et rentra lentement chez lui, revivant les instants passés avec Didi encore et encore et encore...

Tutmose Rogers habitait chez ses parents, tout près de Lenox Avenue. Son père avait travaillé comme concierge dans une école jusqu'à la retraite, l'année où Tutmose était né. Certaines personnes prétendaient que Tutmose était un peu lent parce que son père était si vieux quand il était né qu'il n'avait plus l'énergie ni l'envie de jouer avec lui. D'autres disaient que Tutmose n'était absolument pas lent ; c'était simplement un enfant de vieux et il était donc sérieux par nature. Quoi qu'il en soit, Motown s'était toujours bien entendu avec Tutmose, et, depuis trois ans qu'ils se connaissaient, ils avaient pris l'habitude de dîner ensemble au moins une fois par mois. Ils allaient parfois au MacDonald, chez Ruby ou encore au restaurant chinois au coin de Broadway et de la 125e rue. Peu importait à Motown que Tutmose soit un peu lent, car la plupart des gens n'étaient pas plus malins de toute façon.

– Où veux-tu aller ? demanda Tutmose en ramassant les papiers sales qui traînaient près du kiosque à journaux que son père lui avait acheté, deux ans auparavant.

– Allons au Chinois, dit Motown qui savait que le *Palais de Jade* était le restaurant préféré de son ami.

– Ça me va, acquiesça Tutmose.

– Tu sais ce qu'on fera la prochaine fois ? Motown ôta le pare-soleil qui protégeait le kiosque vert et le tendit à Tutmose. La prochaine fois, on ira dîner chez moi. Je ne suis pas un grand chef mais je peux préparer deux ou trois trucs.

– Je ne sais pas si j'aimerais ça, dit Tutmose.

Ce qui lui plaisait le plus dans ces dîners à l'extérieur, c'était de montrer qu'il avait un ami et qu'il faisait la même chose que ceux qu'il appelait les gens « normaux ».

– Peut-être pas le jour où on sort, suggéra Motown. Mais il faudra que tu montes voir mon appartement.

– Ho, ho !

C'était Carlos, l'un des hommes de Touchy.

– Hé, Motown, qu'est-ce que tu fais si loin de ta cabine téléphonique et sans ta cape, man ?

– Qu'est-ce que tu racontes ? demanda Motown.

– Je croyais que tu restais tout le temps à proximité d'une cabine, dit Carlos, un cure-dent en ivoire pendant au coin de sa bouche, pour pouvoir te transformer en Superman à la moindre occasion.

– Il n'a pas le temps d'écouter tes idioties, dit Tutmose. On va manger un morceau ensemble.

– Tu as pas vu Reggie dans les parages ?

Carlos était mince et sa peau foncée paraissait assortie à la chemise rose clair et au pantalon marron qu'il portait.

– Je ne le cherche pas particulièrement, dit Motown.

– C'est lui qui te cherche, débile ! lança Carlos en se dirigeant vers le *Starlight*. Reste là. Je vais voir s'il n'est pas au club.

– Viens, partons, reprit Tutmose. Ils cherchent la bagarre, un point c'est tout.

– Ça ne me gêne pas, dit Motown. On n'est pas pressés.

Tutmose s'assura qu'il avait bien ses clés puis verrouilla le kiosque. Il avertit Motown qu'il était prêt, mais ce dernier ne semblait pas décidé à partir sur-le-champ.

« Vous êtes tous des guerriers, vous les jeunes, avait dit le Professeur. Vous parcourez les rues, testant votre virilité, afin de voir qui est le plus fort. Et vous ne pouvez reculer ou vous dérober parce que vous êtes coincés. Les taudis vous emprisonnent, les escaliers en fer des issues de secours sont comme des cages pour vous. Vous vous battez pour ce que vous devriez partager. Les rues de Harlem appartiennent à nous tous.

Vous gagnez le droit à ces rues lorsque vous naissez noirs. Il vous est dû. Quand comprendrons-nous cela ? Quand ?

– Vous savez, si on se dérobe, les gens vous traitent de dégonflé, de minable, avait répondu Motown, sachant pertinemment que ce n'était pas la réponse que le Professeur voulait entendre.

– De minable ? Est-ce que tu vois les hommes blancs se battre et tuer les leurs dans la rue ? avait demandé le Professeur. Ce n'est pas comme ça qu'ils se prouvent leur virilité. Ils la prouvent dans leur travail, à la bourse ou en politique.

– Si on ne peut pas être un homme à leur façon, avait rétorqué Motown, il faut essayer d'être le meilleur possible à sa propre façon. »

Carlos sortit le premier du *Starlight*, suivi de Lavelle, Touchy et Reggie. Touchy traversa la rue et pénétra dans la voiture. Lavelle et Carlos s'immobilisèrent à environ cinq mètres de l'endroit où se trouvaient Motown et Tutmose, et Reggie, la tête penchée sur le côté, s'approcha d'eux.

– Hé, vermine, qu'est-ce que tu fais dans le coin ?

Il cracha sur le trottoir entre lui et Motown. Il portait une veste vert clair, un pantalon et une paire de chaussures pointues éraflées au bout.

– Qu'est-ce que tu veux ? demanda Motown.

– Ce que je veux ? lança Reggie, esquissant un sourire en biais. La dernière fois que je t'ai vu sur la 125e rue, tu te vantais comme pas possible. Aujourd'hui, tu me parais moins fier. Comment se fait-il que tu ne me répètes pas comme d'habitude que si je te cherche, je n'ai qu'à venir te trouver ? Ne me dis pas que tu as les jetons ?

Reggie avait une attitude cool, trop cool. Il n'était pas de taille à dominer Motown sans aide. Motown se dit que Carlos ou Lavelle s'en mêleraient, ou bien que Reggie était armé.

– Tu as un problème ? demanda Motown.

– Allez, viens, insista Tutmose, allons dîner quelque part.

– J'ai entendu dire que c'était toi qui avais un problème, répliqua Reggie. Il semblerait que tu fourres ton nez dans les affaires de tout le monde.

– Qui t'a dit ça ? questionna Motown.

– Ça doit être ta maman ! ricana Reggie.

« Aucun respect les uns envers les autres, aucun amour de son prochain, avait dit le Professeur. À quoi pouvez-vous donc vous attendre, quand vous ne savez même pas qui vous êtes ? De quel peuple vous descendez ? Il faut être capable de se respecter soi-même pour pouvoir respecter qui que ce soit d'autre. »

– On continuera cette conversation plus tard, déclara Motown. Je n'ai vraiment pas le temps aujourd'hui.

Il fit demi-tour et se mit à marcher rapidement, espérant qu'il avait deviné juste. Reggie aurait besoin de plus de temps pour l'intimider s'il voulait tenter un coup tout seul, même s'il portait une arme. Il lui faudrait dire quelque chose d'autre, afin de prolonger la confrontation.

– Où tu vas, morveux ?

– Viens, Tutmose, appela Motown par-dessus son épaule. On va dîner.

Motown s'éloigna rapidement de l'endroit où étaient plantés Lavelle et Carlos. Il sentait que Reggie le suivait. Il attendit que ce dernier soit sur ses talons pour se retourner. Derrière Reggie, il vit que ni Lavelle, ni Carlos n'avaient bougé. Il portait donc sûrement une arme.

– J'ai un truc...

Reggie ne finit pas sa phrase. Motown lui rentra dedans et le frappa de toutes ses forces sous la ceinture. Reggie se plia en deux tandis que Motown achevait de le faire tomber. Puis il lui enfonça le genou dans les reins. Reggie grogna douloureusement et Motown vit qu'il avait les deux mains par terre, sur le macadam. Il le retourna vivement et fouilla ses poches.

Le revolver ressemblait à un jouet d'enfant. Il était gris foncé, le manche entouré de chatterton noir d'électricien. Motown le prit et chercha des yeux une bouche d'égout. Il glissa l'arme dans la fente béante.

Reggie se tordait de douleur sur le trottoir.

– Allez, Tutmose, on y va.

Motown prit le chemin du restaurant chinois en compagnie de son ami.

– Tu es un mauvais sujet, commenta Tutmose lorsqu'ils furent attablés. Tu as complètement déglingué ce mec !

Motown acquiesça et posa le menu devant lui pour qu'il ne tremble plus dans ses mains. Une vague de nausée l'envahit soudain. Il avait mal à la hanche, au creux de l'estomac et aussi à la tête maintenant. Il ne se souvenait pas avoir encaissé le moindre coup et pourtant, il se sentait fourbu. Il repensa à ce que Didi avait dit : elle ne voulait pas avoir affaire à ces choses, à ces gens. Pendant un moment, il essaya de se concentrer sur ce que racontait Tutmose, et puis il respira à fond avant de s'affaler en travers de la table.

– Hé, Didi, réveille-toi !

Tony secoua sa sœur par le coude jusqu'à ce qu'elle bouge.

– 'sse-moi !

– Quoi ?

– Va-t'en ! Laisse-moi !

– Écoute, il faut que je te parle, c'est important.

Didi vérifia que sa veste de pyjama était raisonnablement boutonnée avant de s'asseoir dans le lit. Elle cligna des yeux, les ouvrit brièvement, vit que c'était le matin et retomba sur son oreiller.

– Parle, marmonna-t-elle de dessous le drap.

– Tu vois quelquefois ce type... comment il s'appelle ?

Tony claqua ses doigts à deux reprises comme pour activer son cerveau ou se rafraîchir la mémoire.

– Ah oui, Motown...

– Oui, et après ?

– J'ai pensé à lui, dit Tony. C'est un type réglo, non ? Il a plutôt l'air bizarre mais j'imagine qu'il est réglo...

- Continue.

Didi se redressa.

- J'ai pensé à des tas de trucs, reprit Tony. Par exemple, je crois que je peux prendre en main la situation dans laquelle je me suis fourré. Tu me suis ?

- Non, pas vraiment, répondit Didi. J'ai vu que tu t'étais mis à boire pas mal.

- Cette petite habitude inoffensive que j'avais, tu sais, prendre un peu de came et des trucs le week-end, et bien c'est devenu sérieux. Je n'arrête pas de me raconter que je vais diminuer, mais ça ne marche pas comme je le voudrais.

- Ça empire ?

- Je ne sais pas si ça empire mais ça ne s'améliore pas, ça j'en suis certain.

Tony portait un pantalon foncé qui luisait par endroits tellement il était élimé et une chemise jaune en coton. C'était un garçon séduisant, comme disait sa mère. Il rappelait à Didi les photos de son père jeune.

- J'imagine que tu n'as pas envie de m'en parler ? reprit-elle.

- Ça ne t'embête pas de m'écouter ?

- Non.

Elle remonta ses genoux contre son menton et entoura ses jambes de ses bras.

- Au début, Touchy me laissait dealer un peu le week-end. Il disait que c'était cool pour sa came si les gens me voyaient planer de temps en temps sans devenir une épave à longueur de semaine.

- C'est comme ça que tu es devenu accro ?

– Oui, admit Tony. Tu veux que je fasse du thé ou autre chose ? Il y a du café dans le placard ?

– Tu as mis de l'eau à bouillir ?

– Non.

– Alors laisse tomber. Et continue.

– Plus ça allait, plus je me rendais compte que le fric que je me faisais grâce à Touchy, je le dépensais illico par-dessous la table. Il me donnait un peu de came et moi j'en achetais ailleurs afin qu'on ne sache pas combien j'en prenais. Je ne voulais même pas y penser, je te jure.

– Tu croyais sérieusement que c'était ce que tu voulais faire de ton existence ?

– Non, pas la came, mais le reste, expliqua Tony. Il se leva et se dirigea vers la fenêtre. On entendit une sirène de pompier dans la rue en dessous. Tu comprends, je bousillais tous les rêves et les espoirs que j'avais eus. Tu te souviens quand on restait à la maison et qu'on discutait de ce qu'on deviendrait quand on serait grands ?

– Je serais la première femme président et toi général en chef de mon armée.

– Oui, fit Tony en souriant. Oui, ce genre de trucs. On rêvait, c'était cool, mais je m'en éloignais de plus en plus dans la réalité. Tout le monde au lycée commençait à parler de s'inscrire en fac. J'étais limite, plutôt fumiste en classe et je savais qu'il faudrait un miracle pour que je sois accepté en fac. Et un autre miracle pour que j'en sorte avec un diplôme si jamais j'y entrais, tu comprends ? Alors je me suis dit que peut-être je pourrais trouver un boulot et claquer la porte aux études. Mais dans ma tête, j'imaginais quelque chose de bien. Je suis allé dans plusieurs agences pour l'emploi et je leur ai dit que je sortais du lycée. Ils m'ont cru mais ils ne m'ont proposé que des boulots de coursier. Au mieux, ça a été commis aux inventaires : il fallait que j'aille dans les supermarchés le samedi et le dimanche recenser la marchandise restante. Ils ne voulaient m'employer qu'à des trucs de ce genre.

– Ça aurait été mieux que la drogue, déclara Didi.

Elle posa son bras sur l'épaule de Tony.

– Si j'ai tout gâché, reprit Tony, la tête baissée, c'est à cause de la came. Je ne suis pas taré de naissance, c'est la dope qui me met dans cet état.

– Ne dis pas des choses comme ça ! Bien sûr que tu n'es pas taré !

Les yeux de Didi étaient remplis de larmes.

– Alors pourquoi je suis ici, comme ça ? demanda Tony. À vider mes tripes devant toi ? Ce n'est pas mon genre. Non, j'ai des problèmes et j'ai besoin qu'on m'aide.

– Il faut d'abord que tu te débarrasses de cette accoutumance, déclara Didi.

– Non, il faut d'abord que j'aie vraiment envie de m'en passer, l'interrompit Tony. Je sais comment m'y prendre et pourtant je ne le fais pas. Je diminue les doses un jour et puis je m'y remets le suivant.

– Oh mon Dieu !

Didi appuya sa tête contre l'épaule de Tony et laissa couler ses larmes. Son corps était secoué par les sanglots et elle serrait les dents afin que le bruit ne réveille pas sa mère.

– J'ai essayé d'en prendre moins en me rabattant sur l'alcool, continua Tony en se dégageant. À chaque fois que j'avais besoin d'une dose, je tentais de me saouler à la place, mais ça ne marche pas.

– Tu pourrais aller dans un centre, suggéra Didi. Il y a des endroits exprès pour les gens qui ont des problèmes de drogue. J'ai lu des articles là-dessus dans les journaux.

– Oui, je suis au courant. Mais il n'est pas facile d'y être admis. Une assistante sociale portoricaine m'a dit que ceux qui étaient valables coûtaient très cher. Et pour les autres, il y a des listes d'attente d'environ un an. J'ai pensé que peut-être, si tu pouvais m'accompagner, j'irais remplir les papiers. En te voyant, ils comprendraient que je suis sérieux et tout.

– Tu es vraiment sérieux ?

– Si tu savais à quoi ressemble ma vie, tu te rendrais compte qu'un cancer n'est pas plus sérieux que je le suis en ce moment.

– Alors il faut qu'on prenne la situation en main, déclara Didi doucement. Tu sais, Tony, tu peux vraiment compter sur moi. Même si parfois je suis un peu dure avec toi. À sa manière et sans te connaître beaucoup, Motown est de ton bord, lui aussi.

– Oui, euh, bien...

Tony eut l'air absent l'espace d'un instant.

– Écoute. Il a été réglo. C'est pour ça qu'il faut que je te prévienne qu'il y a un contrat sur sa tête.

– Quoi ?

– Les fournisseurs de Touchy commençaient à dire qu'il n'arrivait plus à tenir son territoire et ses gens, continua Tony. Tu comprends, après ce qui s'est passé : d'abord toi allant le moucharder aux flics et puis quand il m'a donné aux Stups.

– Quand il t'a donné aux Stups ? Didi le dévisagea. Qu'est-ce que tu veux dire ?

– Il a essayé de me faire tomber aux mains d'inspecteurs de la brigade des Stupéfiants, expliqua Tony. Pour te donner une leçon, j'imagine. Bref, les deux fois, Motown s'en est mêlé et il a tout gâché. Alors Touchy veut le liquider pour de bon. Reggie était chargé de le descendre mais Motown lui a piqué son flingue hier et l'a jeté dans un égout. Il paraît que Touchy a retiré Reggie du coup et mis quelqu'un d'autre à sa place. D'après moi, ça doit être Carlos. J'ai entendu dire qu'il avait déjà touché dix mille dollars un jour pour se débarrasser d'un empêcheur de tourner rond.

– Je sais où il habite, déclara Didi. Je vais aller le prévenir. Est-ce qu'ils savent où il habite ?

– Non, mais ils disent que ce n'est pas utile avec Motown, répliqua Tony, car il ne se dégonfle jamais, devant rien ni personne.

– Tony, est-ce qu'on peut chercher un centre demain ?

Didi fouillait fébrilement dans son armoire pour trouver un tee-shirt à enfiler.

– Non. Pas avant après-demain, dit Tony. C'est le jour où cette femme est là. Tu sais... l'assistante sociale.

CHAPITRE 8

Chicago. Didi se dit que Motown devrait aller à Chicago. Il y avait des tas de Noirs là-bas et elle était persuadée qu'ils ne l'y traqueraient pas. Il ne possédait pas grand-chose, juste des vieilleries et quelques chemises. Elle lui écrirait. Il lui répondrait sans indiquer son adresse sur l'enveloppe. Plus tard, des années plus tard, ils se reverraient quelque part, et se raconteraient mutuellement comment ils étaient parvenus à sortir du ghetto. Elle s'arrêta à deux reprises sur le chemin pour vérifier que personne ne la suivait. Elle avait été jusqu'à soupçonner Tony : et si ce n'était qu'une ruse pour se procurer l'adresse de Motown ? Non. Tony se sentait mal dans sa peau, déprimé comme jamais. Ce n'était pas le même Tony que celui qui lui avait dit de se mêler de ses propres affaires quelques semaines plus tôt. C'était quelqu'un de différent, un étranger qui s'était installé dans le corps de son frère et lui avait dévoré les entrailles.

Après, elle irait voir l'assistante sociale au sujet de Tony. Mais avant tout, il fallait prévenir Motown ! Il pourrait faire du stop à l'entrée de l'autoroute. Elle l'accompagnerait et l'embrasserait tandis que la voiture qui le sortirait de sa vie ralentirait pour le prendre.

Le soleil brillait et il faisait déjà chaud. Ses aisselles étaient mouillées de sueur ; la chemise à manches longues se révélait un mauvais choix. Tant pis ! Elle sonna et une longue minute plus tard, il vint ouvrir.

– Suis-moi, vite !

Didi monta rapidement l'escalier en colimaçon, jetant un coup d'œil furtif derrière elle pour s'assurer qu'il était bien sur ses talons. Elle était hors d'haleine lorsqu'ils atteignirent sa porte.

– Il faut que tu fasses tes valises en vitesse et que tu partes d'ici. Didi haletait. Tony vient de me dire que Touchy a engagé quelqu'un pour te tuer. C'est un contrat.

– Oui. Reggie m'a accosté hier avec un revolver, dit Motown. Mais je ne vais nulle part. Où est-ce que j'irais ?

– Où ? Aucune importance ! Si tu ne pars pas, ils vont te tuer !

Motown haussa les épaules et se dirigea vers le petit réfrigérateur. Il l'ouvrit, sortit du jus d'orange et en remplit deux verres tandis que Didi le contemplait, les yeux écarquillés.

– Motown, tu comprends ce que je te dis ?

– Oui, je comprends parfaitement. Tu prétends que Touchy cherche quelqu'un pour me tuer, c'est ça ?

– Tony pense qu'il choisira Carlos, reprit Didi. Elle se tenait juste en face du garçon pour qu'il puisse voir son visage. Si ce n'est pas Carlos, il lui suffit de demander à l'un de ces junkies, ils tueraient leur propre mère pour un shoot.

– Je ne vais nulle part, répéta Motown. Je n'ai rien fait de mal. Tu voudrais que j'aille me terrer dans un coin et tout laisser tomber à cause de Touchy ? On meurt autant de cette façon-là que de l'autre.

– Tu vas te contenter d'attendre ici jusqu'à ce que l'un de ces drogués trouve où tu habites et vienne te descendre ? Tu n'as rien ici. Il n'y a pas si longtemps, tu couchais dans des immeubles abandonnés. Et tu m'as dit que tu n'aimais pas ton travail. Alors pourquoi est-ce que tu restes ?

– Peut-être pour rien, répondit Motown. Peut-être seulement parce que je suis comme ça.

– Fou ?

Il la regarda. Pour voir qui elle était, quel visage elle arborait lorsqu'elle lui déclarait tout de go qu'il ne possédait rien ici. Il ne la reconnaissait pas. C'était quelqu'un d'autre, une fille qui se trouvait sur le pas de sa porte, essayant de ne pas remarquer les murs en plâtre craquelé et le vieux matelas sur lequel il dormait.

Elle continua à parler mais il n'écoutait pas. Il la chassa de son esprit et songea à ce qu'il ferait pour dîner ce soir-là.

– Tu ne comprends donc pas que c'est sérieux ! plaidait Didi à grands renforts de gestes. Ils ont vraiment l'intention de te tuer !

Peut-être qu'il achèterait de la viande et des petits pains et qu'il se préparerait des hamburgers. Il aimait bien ça. Avec des frites de chez MacDonald qu'il réchaufferait au four.

– Je crois que Tony m'en a parlé pour la seule raison qu'il se sent coupable. Au fond de lui, il t'est reconnaissant. Est-ce que tu savais que Touchy avait tenté de le piéger pour le faire arrêter ? Voilà le genre de personne à qui tu as affaire. Pas des gens raisonnables.

Il voulait qu'elle parte. Pour la première fois depuis qu'ils s'étaient rencontrés, il voulait qu'elle s'en aille. Lorsqu'il se disait qu'elle était trop bien pour lui, qu'il ne serait jamais digne de son amour, à la hauteur, il ne regardait pas les choses en face, réalisa-t-il. Il pensait vraiment qu'elle le laisserait l'aimer. Il l'espérait de tout son cœur, et de tout son être. De temps en temps, quand il était en nourrice, une chose agréable se produisait : un petit geste, un mot gentil, un sourire, et telle l'ombre d'un oiseau, l'espoir d'avoir enfin un foyer dansait devant ses yeux, fugitif et inconscient. Lorsqu'il se prenait en flagrant délit de fol espoir, il se forçait à ne pas y croire. Ainsi, quand il avait sept ans, il s'enfonçait les ongles dans les paumes de ses mains à chaque fois que sa nourrice l'asseyait sur ses genoux.

Didi continuait à énumérer les raisons pour lesquelles il devait absolument partir.

– Je ne pars pas, déclara Motown. Je ne connais que ces rues et ces gens. Ce n'est pas énorme, comme tu le répètes assez souvent, mais c'est un début. Tutmose, le Professeur et toi êtes mes seuls amis.

– Écoute, Motown, dit-elle, espérant qu'il la regarderait dans les yeux. J'ai aimé t'embrasser dans le parc, j'aime toujours embrasser les garçons séduisants. Tu comprends ?

– Oui.

Le mot s'échappa difficilement de sa poitrine.

– Alors si tu restes juste parce qu'on est amis, tu ne restes pas pour une très bonne raison.

– C'est comme ça, déclara Motown.

– Je m'en vais maintenant. Et je pense que tu devrais partir dès que possible.

Pas de réponse.

Elle tourna les talons, sortit et descendit l'escalier, d'une démarche raide, en se tenant à la rampe. Qu'avait donc ce type de tellement spécial ? Pourquoi finissait-elle infailliblement par le fuir ? Dans le parc, dans son appartement la fois précédente, à l'instant... Pourquoi était-il si difficile de le quitter ? Aujourd'hui, elle était venue le trouver pour lui rendre service, pour le prévenir qu'il était en danger. Bien sûr, elle avait menti en prétendant aimer embrasser les garçons et ne pas être son amie. Mais c'était tout ! Une amitié. Elle n'était pas amoureuse de lui. Absolument pas. Pas même une fraction de seconde, se dit-elle, en y croyant presque. Elle avait peur pour lui et ne savait pas quoi faire. Quel était donc le problème de ce garçon ? Elle pleura en partant, et murmura son nom doucement.

Quelquefois, tôt le matin, entre les insomnies de la nuit et le lever du jour, elle s'imaginait faisant l'amour avec lui. Elle se demandait comment ça serait et repensait à tout ce dont elle avait entendu parler à ce sujet. Ce n'était pas ce qu'elle désirait : ce partage d'un instant, cette sensation fugitive qui s'évanouissait au petit matin, ne laissant comme trace que des bébés qui enseveliraient ses moindres rêves. Que disait déjà sa mère ? « Toute cette sueur et ces soupirs n'apportent que davantage de sueur et de soupirs. » Mais Didi ne pouvait s'empêcher d'y songer et dans son imagination, c'était plus que sueur, soupirs et bébés. Le contact de la peau foncée de Motown contre la sienne, douce et brune, l'embrasser, l'étreindre. Une vague de chaleur l'envahissait et des frissons la parcouraient lorsqu'elle pensait à lui. Mais elle n'était pas amoureuse de ce type ! Pas question !

La plupart du temps, Motown n'avait pas mal. Il n'avait pas eu mal depuis longtemps. Il dissimulait sa vulnérabilité au plus profond de son être et ne hurlait qu'intérieurement. Il était sorti de lui-même, au fil de ses allées et venues dans les rues, et il avait senti le pouvoir inébranlable des murs en brique rouge, balafrés de graffiti, qui délimitaient chaque pâté de maisons et qui étaient devenus partie intégrante de lui, sa façade. Il avait appris à être presque invulnérable, presque insensible. Presque.

Il n'en avait pas moins récemment percé une brèche dans les murs. Il s'était ouvert à cette fille et ses émotions s'amplifiaient à partir de ce minuscule sentiment qu'il s'était autorisé et qui investissait tous ses sens. Il songea à Reggie. Il n'avait pas eu peur sur le moment. Il savait comment se défendre. Et il avait assez de cœur pour tenir son rôle, aussi s'en était-il sorti en héros. Mais plus tard, en y repensant au restaurant, avec Tutmose, le cœur lui avait soudain manqué.

Il était fatigué. Pas pour les mêmes raisons que Didi toutefois. Didi en avait assez des rues et des Reggie. Motown, lui, ne se lassait pas des rues, au contraire, il les aimait. Et Reggie ne le dérangeait pas. C'était un pas grand-chose, un gogo qui ne cessait de décocher des coups d'œil autour de lui afin de vérifier qui le regardait, de peur sans doute d'être démasqué. Même avec un revolver, il n'était pas menaçant, claquant ses lèvres pour se donner une contenance et du courage. Il était parfois arrivé à Motown de chercher des yeux un appui, un soutien. Il arrivait qu'on en ressente le besoin. Lui aussi avait prétendu être un dur. Il avait souvent déambulé dans les rues, un cure-dent à la bouche, défiant quiconque au monde de soutenir son regard. Si quelqu'un l'osait, il retournait un coup d'œil assassin, capable de figer l'eau en glace, de faire ciller un aveugle, ou d'arrêter net la croissance d'un enfant. L'autre baissait immédiatement les yeux et ne pouvait pas deviner à quel point Motown avait peur, à quel point il était seul.

Il faisait une livraison dans la 75e rue. Dans un grand immeuble avec portier. Ce dernier, un homme courtaud, à la poitrine large et carrée, leva les yeux de son journal et déchiffra le numéro de l'appartement auquel les vêtements étaient destinés. Motown savait que s'il y avait la moindre chance de pourboire, le portier les monterait lui-même.

– 6-B, dit l'homme.

Le couloir était froid et sombre. Il y avait une grande plante verte près de la porte de l'ascenseur.

« Quel genre de personnes vivent dans de tels endroits ? » se demanda Motown. Sûrement des gens riches. Le garçon ne pouvait imaginer qu'on ait des problèmes lorsqu'on avait de l'argent.

– Qui est là ?

La voix était faible et rauque à travers la porte.

– Je viens livrer les vêtements du pressing, dit Motown.

Il y eut un bruit de chaîne, un instant de silence et la porte s'entrebâilla. Motown distingua un bout du visage et des doigts blancs et minces sur le battant qui se referma et s'ouvrit à nouveau.

– Entre, dit la femme.

Motown pénétra dans l'appartement avec les vêtements.

– Il doit y avoir trois robes et une blouse, déclara-t-elle.

Elle examina minutieusement les affaires que Motown tenait par les cintres.

– Viens avec moi. J'ai d'autres choses à te donner.

– Bien m'dame.

Motown la suivit, dans un grand salon presque gai puis dans la chambre à coucher. C'était une pièce claire, le soleil filtrait à travers des rideaux en dentelle. La femme prit les vêtements que portait Motown et les étala sur son lit. Elle ouvrit ensuite la porte coulissante d'un placard dans lequel se trouvait une rangée de robes.

– Je ne sors pas beaucoup, dit-elle. Mais j'aime que mes affaires soient en bon état. Si on les nettoie, elles restent en bon état.

– Oui, m'dame.

Les vêtements qu'il avait rapportés du pressing ressemblaient à ceux que portaient les femmes sur les photos de vieilles revues. Ceux du placard étaient du même genre.

– Je m'appelle Marie Van Ripper, déclara-t-elle. Ma famille est l'une des plus anciennes de ce pays.

– Oui, m'dame.

– Je ne m'en vante pas, parce que ce n'est pas mon genre, continua Mme Van Ripper.

– Oui, m'dame.

– Il n'y a pas de mal à rappeler un peu qui on est dans ce monde, ajouta-t-elle.

Un bourrelet de peau pendait de l'aisselle au coude du bras mince et blanc qui sélectionnait les affaires dans le placard.

– Es-tu issu d'une vieille famille ?

– Je suis issu d'un peuple vieux comme le monde, répliqua Motown.

La femme cessa d'observer ses affaires et se tourna vers le garçon. Il la dépassait d'une bonne tête et elle dut lever les yeux sur lui. Elle garda le menton baissé et observa Motown par-dessous, d'une série de coups d'œil rapides.

– Cela n'est pas évident à te voir, dit-elle. C'est comme moi, impossible de deviner que je suis quelqu'un à moins que je ne désire le faire savoir.

Elle choisit deux autres robes, les tendit à Motown à qui elle donna royalement vingt-cinq cents de pourboire dans l'entrée.

CHAPITRE 9

– Bienvenue, princesse. Le Professeur prit la main de Didi. Je suis content que vous soyez venue.

– Merci, dit Didi. Je ne savais pas si c'était une heure d'affluence...

– Malheureusement, il n'y a pas assez de moments d'affluence ici. Quelqu'un a découvert que mon peuple possédait une formidable tradition orale et le fou qui a délivré ce message en a déduit que nous ne savions pas lire, expliqua le Professeur. Aussi, mes heures de plus grande affluence ont lieu dans le jardin de mon imagination. Et, quand c'est mon jour de chance, quelqu'un d'aussi charmant que vous franchit le seuil de la porte.

– Merci, fit Didi en souriant. Je me demandais juste si je pourrais vous parler de quelque chose.

– Aimeriez-vous une tasse de thé ?

– S'il vous plaît.

– Vous êtes la demoiselle qui êtes venue avec mon jeune ami Motown, c'est bien ça ?

– C'est ça, acquiesça Didi. Je suis très inquiète pour lui et vous êtes la seule personne au monde qu'il ait l'air de vraiment écouter et en qui il ait confiance. J'ai été étonnée qu'il lise autant.

– C'est un garçon bien, déclara le Professeur.

Il posa une tasse de thé devant Didi.

– Son cœur se trouve au bon endroit et, plus important encore, sa tête est également bien à sa place.

– Est-ce que je peux vous raconter franchement ce qui se passe et ce que j'aimerais que vous fassiez ? demanda Didi.

– Absolument.

Le Professeur lui sourit.

– Je me suis rendu compte, récemment, que mon frère se droguait, commença-t-elle. Et j'ai pensé que la meilleure chose à faire était d'aller à la police dénoncer le revendeur qui lui procurait de la drogue. Pour qu'il soit arrêté. C'est ce que j'ai fait sur-le-champ mais cela n'a rien arrangé. La police m'a seulement demandé si j'avais des preuves.

– Si des enfants drogués de neuf ans parviennent à trouver les revendeurs, la police en est sûrement capable également, acquiesça le Professeur.

– Exactement. Le dealer que j'ai dénoncé à la police a ordonné à des types de sa bande de me passer à tabac. Motown était dans les parages, il a tout vu et il les a mis en fuite. Depuis, ils veulent se venger de lui.

– Il a fait ça ?

– Oui, et un peu plus tard, quand Touchy a essayé de faire arrêter mon frère, Motown est intervenu à nouveau.

– Alors maintenant, il s'est fait un véritable ennemi de ce... Touchy ?

– Oui, reprit Didi. Et dans la rue, on raconte que Touchy a passé un contrat... je veux dire que Touchy veut supprimer Motown. J'ai averti Motown qu'il devrait partir ailleurs, dans un endroit où ils ne pourront pas l'atteindre, mais il ne veut rien entendre.

– Et vous pensiez que je pourrais le convaincre de partir avant qu'on ne lui fasse du mal.

– Oui, acquiesça Didi.

Le Professeur leva la tasse de thé jusqu'à ses lèvres et but à petites gorgées lentes. Un flot de pensées l'assaillit en vrac, des bouts de conversation, des images de Motown et de lui-même assis à la table sculptée où il était installé avec Didi.

– Didi. D'où vient ce nom ? demanda le Professeur.

– Mon père pensait que ça serait mignon, répondit Didi. C'est à peu près tout, je crois.

– Mignon ? Je vois. Le Professeur ferma les yeux un instant. Je m'interrogeais simplement... une reine égyptienne portait un nom semblable... Et bien, Didi, le problème, c'est que je ne suis pas vraiment sûr de ce que vous désirez que je fasse.

– Dites-lui de partir de New York, reprit Didi. Au moins de quitter Harlem.

– Diverses raisons poussent un homme à marcher dans la rue. Peut-être va-t-il travailler ? Peut-être se dérouille-t-il les jambes ? Peut-être cherche-t-il un objet qu'il a égaré ? Que fera Motown s'il part ?

– Comment ça ?

– Vous voulez qu'il s'enfuie, seul, et qu'il se cache de la face du monde parce qu'il redoute ce qui risque de se passer ? Vous voulez qu'il abandonne ce qu'il possède ici pour le chercher ailleurs ? Vous voulez qu'il parte parce que si les choses se gâtent, vous vous sentirez responsable ? Comprenez, si je lui conseille de quitter Harlem, il faudra que je lui dise : Motown, une jeune fille pense qu'il est trop dangereux pour toi de vivre ici, et, plutôt que de se faire du souci pour toi, elle préfèrerait que tu disparaisses.

– Je ne veux pas sembler vous manquer de respect, monsieur, déclara Didi, mais sa vie est en danger et philosopher n'y changera rien. Et puis d'abord, il ne possède rien qui vaille la peine de rester ici.

– Dans ce cas-là, il ne court aucun danger, répliqua le Professeur. Si on n'a rien à perdre, on ne prend aucun risque.

– Vous parlez bien, mais ce ne sont que des mots !

– Laissez-moi vous dire quelque chose, reprit le Professeur. Je n'ai pas la moindre envie qu'on fasse du mal à ce garçon. Je l'aime comme s'il était mon propre fils. Non, plus encore. Je l'aime autant qu'un vieil homme aime son fils et unique héritier. Quand j'aurai quitté ce monde, tout ce qu'il restera de moi seront les quelques livres que j'ai donnés – je n'en vends pas beaucoup – et les quelques idées folles que j'ai enracinées dans l'esprit de ce garçon. Aussi, quand je vous parle ainsi, ce n'est pas parce que j'aime le son de ma propre voix, mais seulement parce qu'il m'est impossible de lui dire de partir sans lui donner quelque chose de moi à emporter.

– Je l'aime bien, moi aussi, déclara Didi. C'est pour ça que je suis ici. Si je ne l'aimais pas, je ne serais pas venue.

Le Professeur esquissa un geste comme s'il voulait parler mais il s'arrêta net. Il alla mettre en marche un vieux ventilateur sur une étagère. Rien ne se passa au début puis soudain, lentement, les pales se mirent à tourner. Satisfait, le vieil homme revint à la table.

– Vous entrez ici, le visage inquiet, dit-il, et vous m'expliquez que vous avez soigneusement pesé le pour et le contre avant d'en arriver à la surprenante conclusion que, tout bien réfléchi, vous l'aimez bien. C'est ça ?

– Pas comme vous le formulez, se défendit Didi.

– Comment le formuleriez-vous ? Comment l'expliqueriez-vous si rien d'autre ne comptait au monde ? S'il n'existait aucun autre visage à contempler que le mien, vieux et noir ? Comment ?

Le ventilateur tournait, brassant doucement l'air chaud sans soulever le moindre papier, pas même un prospectus jauni sur les rayonnages. Une minute s'écoula, interminable.

– Je l'aime, murmura-t-elle.

– Il le sait ?

Didi secoua la tête. Non, elle ne lui avait pas dit qu'elle l'aimait. Mais elle le ferait. Elle le lui dirait et cette simple pensée la rendit plus heureuse que jamais par le passé.

– Après que vous le lui aurez dit, ajouta le Professeur, je verrai ce que je peux faire.

Le brillant soleil de fin d'après-midi l'aveugla lorsqu'elle quitta la petite librairie sombre du Professeur. Elle se sentait le cœur et le pied légers, elle aurait aimé courir, danser dans les rues et résista difficilement à la tentation d'arrêter des inconnus sur le trottoir pour leur annoncer la nouvelle. Elle vit d'autres couples se promener, et se sentit heureuse pour eux, souhaitant qu'ils connaissent la vérité sur elle et Motown afin de partager son bonheur.

« Va chez lui, pensa-t-elle. Promène-toi dans les rues en attendant pour que le temps passe plus vite. Souris aux gens. »

– Hé, la belle !

Un type, genre asperge, se pencha vers elle.

– Tu as l'air en forme, quelqu'un doit drôlement bien s'occuper de ton cas !

– Parfaitement ! rétorqua Didi.

La tête haute, sûre de son charme, provoquant le monde entier, elle dépassa le dépôt mortuaire et s'aperçut qu'il était cinq heures et demie. Il était peut-être déjà rentré chez lui.

Motown avait songé à s'arrêter dans un restaurant, mais il décida finalement d'acheter des saucisses de Francfort à la charcuterie. Il était presque arrivé lorsqu'il réalisa qu'il n'avait pas de pain. Il faisait demi-tour quand il l'aperçut. Il était content de la voir, comme il lui arrivait souvent d'être content de voir des choses réjouissantes, même si elles ne le concernaient pas particulièrement. Et il s'était répété qu'il ne laisserait plus Didi le concerner particulièrement. Il s'attacherait plutôt à se « rappeler qui il était », comme le disaient le Professeur et la vieille femme blanche de l'appartement.

N'empêche, il était content de la voir. Après toutes ces années vécues en solitaire, il avait atteint un stade où sont bonnes à prendre même les choses qui déçoivent plus tard. Oublierait-il jamais avoir étreint Didi dans le parc ? L'avoir embrassée ? Avoir senti ses lèvres contre les siennes ? Combien de fois s'était-il remémoré le baiser qu'elle lui avait donné et dont elle avait été gênée par la suite ?

– Hé, qu'est-ce qui se passe de beau ?

– Tu reviens juste du travail ?

– Oui, j'ai acheté des saucisses mais j'ai oublié de prendre du pain. Tu veux venir en chercher avec moi ?

– Il faut que je te parle, déclara Didi. Est-ce qu'on peut discuter un moment ? Ensuite on ressortira.

– D'accord.

– Tu es bien silencieux, dit-elle en lui prenant la main. Tu es fâché à cause d'hier ?

– Non. Mais ça ne me fait pas bondir de joie non plus.

– Les femmes noires doivent faire attention, être prudentes, déclara Didi. On ne devrait pas avoir à choisir entre aimer quelqu'un et devenir quelqu'un, mais parfois cela semble le cas. Tu comprends ?

– Non.

– Si, tu comprends, répliqua-t-elle.

Ils étaient arrivés devant sa porte et il chercha ses clés dans sa poche. Ils pénétrèrent dans l'immeuble et montèrent jusqu'à son appartement. Il essaya de se souvenir dans quel état il avait laissé la pièce le matin. Elle se demanda si cela allait être difficile...

– Je peux faire cuire les saucisses, dit-il quand ils se retrouvèrent dans le studio. Tu as faim ?

– Un peu.

– Installe-toi.

Didi s'assit devant la table à jouer qui servait à la fois de bureau, de comptoir et de table à manger à Motown.

– Ce que je veux dire, c'est que tellement de filles se retrouvent mariées à dix-huit ans, enceintes avant d'avoir le temps de dire « ouf ! » et prises au piège des allocations familiales ou dans des... des...

– Des endroits comme ici ? suggéra Motown.

– Oui, reprit Didi. Des endroits comme ici. Je ne veux pas de ça, c'est tout.

– Tu me l'as déjà dit. Je sais ce que tu ressens. J'imagine que tout se résume à ce que tu désires. Tu cherches à t'éloigner du peuple noir...

– Pas des Noirs.

Didi leva la main pour l'arrêter.

– Ce que je veux, c'est m'éloigner de certaines choses qui se passent ici. Tu comprends ?

– Je n'ai jamais eu assez le choix pour me permettre de repousser des gens que j'aime, dit Motown.

– Tu veux que je prépare les saucisses ? demanda Didi.

– Non.

Motown avait d'abord pensé les faire bouillir

puis il avait changé d'avis. Il déposa un bon bout de margarine qu'il regarda fondre dans la poêle.

– Tu te demandes pourquoi je suis venue, continua Didi, puisque je répète toujours la même chose ?

– Je crois que tu te demandes toi aussi pourquoi tu es venue, dit Motown.

Il sortit les saucisses de leur emballage en cellophane, les rinça et en mit trois dans la poêle. Mouillées, elles firent jaillir la graisse bouillante et il recula pour éviter d'être taché.

– Je me disais que je ne voulais pas rester à Harlem, que je ne voulais pas m'astreindre à vivre une existence qui ne me plaît pas. Ce que je ne m'avouais pas ou ce que je ne t'avouais pas, c'est que je t'aime.

– Oh !

– Oh, répéta Didi en le regardant. C'est tout ?

– Tu n'aimes pas l'endroit où j'habite...

– Je n'ai pas dit ça. J'ai simplement dit que je ne voudrais pas vivre dans un endroit pareil pour toujours.

– Si je comprends bien, tu m'aimes, mais je n'ai pas ma place dans ton programme pour l'avenir, c'est ça ?

Didi se mit à pleurer. Debout, devant la cuisinière, Motown la dévisageait, ne sachant quoi faire. Il regrettait ses paroles, sans doute plus qu'il n'avait jamais regretté aucune parole. Qu'allait-elle faire ? Peut-être partirait-elle simplement. Il aurait voulu que tout soit pour le mieux, même si ce n'était que temporaire. Un jour, alors qu'il était dans une famille dans le quartier de Queens, et que l'assistante sociale était venue le chercher, il avait confectionné un avion en papier pour la femme qu'il avait appelée maman pendant presque six mois. Elle avait souri et il s'était senti ragaillardi en voyant son visage s'éclairer ainsi. C'était la seule image qu'il avait gardée d'elle : là, sur le perron, en train de sourire.

– Didi...

Il chercha ses mots.

– ... je regrette.

– Je regrette moi aussi, dit-elle.

Ses lèvres tremblaient et ses yeux étaient toujours remplis de larmes. Elle était agrippée, les deux mains au dossier de la chaise.

Motown ne bougea pas, respirant à peine.

Les saucisses grillaient dans la poêle. Motown les retourna et s'essuya les mains sur un torchon.

– Tu n'as rien... rien de... merveilleux à dire ? demanda Didi, sa voix se cassant sous le coup de l'émotion.

Motown se rendit auprès d'elle et s'agenouilla afin de la regarder en face et de sentir la chaleur de son souffle sur son visage.

– Je n'ai rien de merveilleux à dire, répéta-t-il mais je t'aime, Didi. Je n'ai rien de merveilleux à faire non plus, mais si je le pouvais, je le ferais. S'il m'était possible de bondir, de voler, je le ferais pour toi, et pour que le monde entier voie et sache que je le fais pour toi. Je ferais n'importe quoi pour toi.

– Alors pourrais-tu me serrer contre toi un instant ?

Ainsi agenouillé devant elle, il l'entoura de ses bras, elle des siens et ils s'enlacèrent. Elle le tint très fort contre elle. Et puis elle se mit à l'embrasser et il lui rendit ses baisers. Il l'embrassait doucement, ses lèvres émettant de petits bruits à chaque fois. Didi, elle, embrassait Motown farouchement, elle le serrait violemment et pressait ses bras musclés.

– Je t'aime, je t'aime, je t'aime.

Elle répéta ces mots encore et encore et encore. Les laissant franchir ses lèvres entre deux baisers.

– Je t'aime aussi, dit Motown, écartant son visage du sien.

Elle le regarda, se redressa et l'aida à se relever. Puis elle mit ses mains sous ses épaules et attira son corps contre le sien, enfonçant ses ongles dans son dos tandis que sa poitrine l'effleurait.

– Il vaut mieux sortir, déclara-t-elle soudain en s'écartant de lui. Je crois que j'ai besoin d'air.

Il savait qu'il l'aimait. En dépit des arguments dont il avait essayé de se convaincre, il l'aimait. D'une certaine façon, cela l'inquiétait un peu de savoir qu'il se rendait ainsi vulnérable aux moments de souffrance. Au cours de ces dernières années, il avait réussi à dominer son affection pour ses mères nourricières. Mais avec Didi, ça n'était pas possible. Elle s'était imposée à lui comme personne avant elle, envahissant ses rêves et sa réalité. Rien à faire, même s'il en souffrait plus tard. Comment pourrait-il s'empêcher d'aimer Didi Johnson ?

CHAPITRE 10

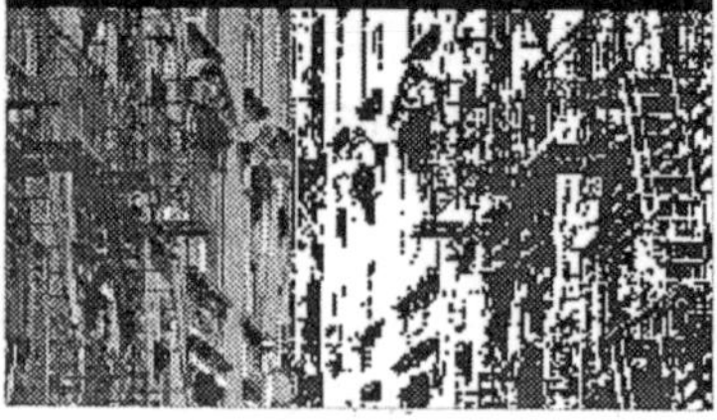

Dehors, il faisait toujours aussi chaud, moins étouffant néanmoins que dans le studio. Didi se serra contre Motown tout en marchant. Elle repoussa ses cheveux de sa main libre, leva les yeux vers le garçon et sourit ; elle était visiblement heureuse et il en fut satisfait.

« Les seules choses que tu possèdes vraiment, disait le Professeur, sont ton territoire et ta tribu. Tout le reste n'est qu'un mirage. Tu peux en parler si tu le désires, tu peux même reculer et le contempler, mais quand tu essaies de l'attraper, il n'y a que du vide. Et lorsque tu disparais, ta mémoire est conservée au sein de la noblesse de ton territoire, de ta terre. L'histoire est ainsi faite : elle est le fruit de la mémoire d'une tribu. Ton nom vit à travers elle. Quand ta tribu meurt, ses membres meurent aussi. C'est pourquoi il te faut trouver une femme qui veuille préserver la tribu. Si elle ne peut pas l'agrandir, elle doit au moins accepter d'aider à la faire vivre et à la diriger. La laisser se nourrir au sein de son âme. »

Motown se sentait bien. Il marchait dans la rue avec Didi et il était évident qu'ils étaient amoureux.

Il avait neuf dollars en poche qui devaient lui durer encore une journée et Didi largement assez d'argent pour rentrer. Ils s'arrêtèrent dans un restaurant et commandèrent le plat du jour.

– Est-ce que tu as fait l'amour avec beaucoup de filles ? demanda Didi.

– Je ne me souviens pas, répondit-il en la dévisageant.

– Bien sûr que si, tu te souviens. Est-ce qu'elles étaient comme moi ?

– Je ne sais plus. Peut-être n'existaient-elles que dans mes rêves...

– C'est ça ? Tu sais, je me sens mieux rien que d'être capable de dire que je t'aime.

– Moi aussi, je me sens mieux rien que de dire que je t'aime, répéta Motown.

– Est-ce que tu prononces parfois des paroles qui viennent de toi ? interrogea Didi. Puis, craignant d'avoir été injuste, elle posa sa main sur la sienne. Après tout, tu dis ce que tu as envie de dire...

– Qu'est-ce que tu veux que je dise ?

– À quoi tu penses ?

– À rien de spécial. Et toi, à quoi penses-tu ? demanda Motown, après que la serveuse les eut servis et se fut éloignée.

– Que tu es très beau, très gentil et très... très séduisant. Je trouve aussi que tu es sexy.

Il l'écoutait parler, sans toucher à son repas. Il se demanda si elle devinait à quel point il avait envie d'elle. Il se demanda si ses yeux, ou la façon dont il s'exprimait, le trahissaient. Il aurait aimé avoir réalisé quelque chose de formidable afin que, lorsqu'elle était ailleurs, seule avec ses pensées, elle puisse se rappeler l'exploit dont il était l'auteur, et qui le rendrait plus important à ses yeux que de quitter Harlem. Peut-être pourrait-il retourner à l'école et apprendre. Ainsi, quand elle le regarderait de ses beaux yeux, elle se découvrirait des raisons de l'aimer. Ce serait mieux que le souvenir d'une silhouette rôdant furtivement à travers les ombres ou tapie dans un couloir avec une batte de base-ball...

– Je vais rêver de toi ce soir, déclara-t-elle. Toute la nuit et peut-être tout le restant de ma vie.

Ils s'embrassèrent à un carrefour et se baladèrent un bon moment. Puis Didi prit un taxi pour rentrer chez elle. Motown s'éloigna, heureux, étourdi, riant sur le chemin à travers les rues qui s'assombrissaient.

Si les paroles d'une chanson avaient décrit ce qu'elle ressentait, Didi l'aurait chantée. Si les pas d'une danse avaient pu reproduire la légèreté qui l'envahissait, elle l'aurait dansée. Elle était le jouet de l'amour, ballottée ici et là, esquivant les passants sur le trottoir, témoin de miracles là où quelques instants auparavant il n'y avait que de simples devantures. Elle pensait à Motown : comment elle lui avait résisté, comment elle avait lutté pour ne pas l'aimer. Aimer était tellement difficile avant Motown.

Elle avait besoin de quelqu'un à qui tout raconter. Tony ! Elle le réveillerait avec ces mots : hé, tu ne me croiras jamais. Je suis amoureuse de Motown !

Tony ne la croirait pas, bien sûr. Il dirait qu'elle était reconnaissante, ou inquiète pour lui, pour sa sécurité, mais pas amoureuse !

Je pense à lui sans arrêt, expliquerait-elle. Je l'imagine, différent à chaque fois. Allant à la fac de droit, ou à la fac de médecine. Une fois, je l'ai même imaginé à l'armée. Et puis je le vois tel qu'il est. Tel qu'il est en réalité, tu sais, avec son petit sourire qui vous pénètre et vous fait rire tout bas, vous ouvrant, même quand vous voulez rester dans votre coquille. Tu comprends ce que je veux dire...

Bref, je me suis retrouvée chez lui pour essayer de lui rendre quelques services. Et je me suis surprise à ne pas vouloir regarder ses bras, pourtant tu sais que je ne suis pas spécialement attirée par les muscles. Je recherche plutôt un garçon qui ait des plans pour l'avenir. Il était là, fort d'un corps d'acier, mais ne jouant pas du tout à M. Muscle. Il n'a jamais parlé de me protéger ou de s'occuper de moi, et il n'a jamais rien fait pour essayer de m'impressionner. Bien sûr, j'ai apprécié qu'il me vienne en aide quand j'ai été attaquée. Bref... je me suis imaginé une fois ou deux dans une situation impossible d'où il devait me tirer ; ça ne marche pas ! Parce qu'il est trop réel pour ressembler à Superman. Ensuite, je me suis convaincue qu'il me créait des problèmes. Je ne crois pas qu'il représentait une menace pour moi, et pourtant, à chaque fois que je me retrouvais auprès de lui, c'était comme si j'étais en danger. Tony, qu'en penses-tu ?

Il dirait que c'était incroyable, voilà ce que c'était. Incroyable !

CHAPITRE 11

Tony avait été très content d'apprendre que son père venait. Bien que Darlène ait répété aux enfants de ne pas s'attendre à un miracle, il ne pouvait, pour sa part, s'empêcher de penser que c'en était un. Didi, plus impertinente, avait déclaré qu'elle ne ferait rien de spécial... avant de vomir, ce qui lui arrivait infailliblement dès que survenait un événement qui la touchait.

Et puis leur père était arrivé. Saoul. Darlène avait pleuré et dit qu'elle ne voulait pas que les enfants le voient dans cet état. Il avait soulevé Didi haut par-dessus sa tête et l'avait reposée.

- Tu n'es pas très jolie, avait-il commenté mais peut-être que tu seras intelligente. Mon garçon, tu es un homme ou quoi ? avait-il demandé, en faisant signe à Tony d'approcher.

- Ouais, je suis un homme.

- Oui, corrigea Darlène derrière lui.

Son père avait alors frappé Tony. Durement. Le coup l'avait atteint sur la joue gauche et lui avait fait monter les larmes aux yeux.

- Pourquoi le frappes-tu comme ça ?

Le cri de Darlène avait déchiré le salon.

- Pourquoi ?

– La came est légère, dit Touchy. C'est de la came espagnole que nous venons de recevoir. Ce n'est pas parce qu'elle a été coupée, elle est légère, c'est tout.

– Alors pourquoi est-ce qu'elle coûte autant que la normale ? demanda Tony.

– Le prix, c'est le prix, répliqua Touchy. Personne t'oblige à en acheter.

– Je prends, dit Tony.

Tony avait l'impression de déambuler dans un palais de glaces. Où qu'il aille, il voyait son reflet dans un miroir cherchant à la dérobée de la poudre à s'introduire dans les veines. C'était tout ce qu'il faisait de sa vie. Quelquefois, le matin, il se disait qu'il devrait aller jouer au basket, mais il savait qu'il n'en ferait rien. C'était le problème. Il savait qu'en réalité, sa seule activité consisterait à trouver de la came. Même après avoir avoué à Didi à quel point il se sentait mal, même après s'être regardé bien en face dans une glace, les larmes coulant sur son visage en se disant qu'il n'était qu'un junkie, qu'il avait besoin d'aide, il s'était rendu subrepticement au coin de la rue, là où se trouvait Touchy. Il lui avait souri et lui avait tendu l'argent de sa mère contre la poudre.

– Elle est légère, c'est de la came espagnole que nous venons de recevoir.

Il savait que Touchy savait. Touchy reconnaissait un camé même quand il faisait semblant d'être bien. Tony était un junkie, Touchy le savait parfaitement et riait sous cape.

Tony baissa son pantalon et tapota une veine dans sa jambe du revers de son doigt. Il la pressa à deux reprises avant de voir le sang affluer et faire gonfler légèrement la veine. Voilà, il était prêt. Alors il aspira le liquide dans la seringue et après l'avoir posée sur la table, il se tapota à nouveau la veine. Il pleurait, s'apitoyant sur son propre sort. Ce n'était pas ça qu'il voulait faire de sa vie. Il devait y avoir plus. Mieux. Quelque part. Mieux que la mauvaise came espagnole de Touchy. De la came qui n'était probablement pas plus espagnole que Touchy lui-même.

Il laissa sortir une goutte de la décoction presque transparente pour s'assurer qu'il n'y avait aucune bulle d'air, puis glissa l'aiguille dans sa veine. L'héroïne y pénétra doucement.

Il ne serait même pas défoncé. La came n'était jamais assez bonne. Cela permettrait juste de stopper la douleur pendant quelques heures. La douleur et la frustration.

Pourtant, quelque chose n'allait pas ! Cela ne faisait pas le même effet que d'habitude ! Touchy avait prétendu que la came était légère mais ce n'était pas vrai. Il sentit au plus profond de lui une espèce de brûlure incontrôlée. Au bout de ses doigts, sur son visage, autour de l'arête de son nez. La poudre n'avait pas été coupée, pas coupée !

Il fut saisi d'un sentiment de panique. Il agrippa sa poitrine, perçut les battements de son cœur. Il s'était fait avoir ! Il en avait pris plus qu'à l'accoutumée parce que Touchy avait dit qu'elle était légère. Mais ce n'était pas vrai ! À moins qu'elle ne soit mélangée à un autre truc. De toute façon, quelque chose clochait !

La rue. Il fallait sortir dans la rue. Respirer de l'air frais. Faire passer la drogue. Aller dans le parc, prendre un ballon de basket et courir, courir, pour en brûler les effets.

Uriner. C'était une bonne idée. Il se rendit dans la cuisine, but de l'eau puis alla aux toilettes. Se débarrasser de la drogue. L'évacuer de son système. Reprendre de l'eau et évacuer à nouveau. Boire aussi du café. Pour que la caféine fasse battre son cœur et lui nettoie tout le système. Descendre dans le parc, en faire plusieurs fois le tour en courant, accélérer son rythme cardiaque et transpirer cette saleté. Ne pas s'endormir surtout. Ouvrir les vannes. Évacuer.

Il ne parvenait pas à uriner. Alors sortir. Sortir. Sortir. Il avait peur. C'était bon. Cela faisait battre le cœur plus vite. Pomper la came à travers le système. Qu'avait raconté le junkie dans le parc ? Qu'il avait essayé d'attaquer une banque un jour qu'il était complètement défoncé, qu'il n'y était pas parvenu mais qu'il s'était retrouvé dans son état normal. Oui, dans son état normal...

Retourner la situation. Pas de problème. Retourner la situation. Touchy essayait de l'allumer. Non, Touchy l'avait allumé. Là, dans le couloir à présent, s'efforçant de glisser contre le mur, de glisser contre le mur sans mourir avant d'avoir atteint l'escalier.

Hé, man, un junkie est condamné à mourir. T'as déjà vu un vieux camé ? Déjà vu un de ces petits malins qui se piquent avec cette saleté d'aiguille vivre plus de quelques années ? Na, man ! Ces types savent bien qu'ils signent leur arrêt de mort quand ils s'enfoncent la première aiguille dans leur bras.

Où était-il ? Sur le palier. Cela semblait si simple lorsqu'ils montraient des drogués à la télévision. Ils marchaient un peu, restaient cool. Et puis ils se retrouvaient sur un lit entouré de tas de gens qui leur assuraient que tout allait s'arranger.

Descendre l'escalier. L'escalier le plus long du monde. Il n'y avait pas d'air dans cet escalier. Rien que ce truc qui le faisait suffoquer, l'oppressait et lui aspirait les poumons. Descendre l'escalier.

Oh mon Dieu !

Un truc arrivait. Descendre l'escalier avant qu'il ne te tombe dessus, man. Descendre l'escalier ! Sauter en bas de l'escalier. Tomber. Il arrive, man, et il a l'air mauvais. Sacrément mauvais.

Oh mon Dieu !

Je regrette. Je regrette tellement. Se lever. Se lever d'ici et trouver de l'air. Passer la tête par la fenêtre. Casser un carreau. Je vois rien. Rien du tout. Peut-être que je m'en sortirai. Peut-être que je m'en sortirai. Quand ça sera fini, que je serai plus dans cet état, peut-être que je m'en sortirai. Et j'arrêterai tout. Croix de bois, croix de fer...

Didi !

Maman, maman !

Oh, mon Dieu !

CHAPITRE 12

– Pourquoi est-ce que je dois aller le voir ?

Les yeux écarquillés, échevelée, Didi semblait possédée par le démon de sa fureur.

– Pourquoi ? Pourquoi ?

– C'est une formalité, mademoiselle, expliqua le policier. Un membre de la famille doit identifier le corps du défunt. Votre mère n'est pas en état de le faire. Je sais que c'est dur mais...

– Comment le savez-vous ? lui demanda Didi en criant. Comment ?

– Je reconnais la douleur quand je la vois. J'y suis confronté chaque jour dans ce quartier. Je ne vous demande pas de venir dans la minute, je vous explique simplement la procédure.

Ainsi s'était déroulée la conversation avec le policier.

– Didi, je sais ce que tu ressens mais il faut que tu restes auprès de ta mère. Assise là à se balancer tranquillement, son cœur saigne plus que le tien. Elle est sa mère. Il faut que tu restes auprès d'elle.

Ainsi s'était déroulée la conversation avec la voisine.

– Il faut que quelqu'un l'accompagne pour

qu'elle ne fasse pas de bêtises, décréta une voix anonyme et aiguë provenant de la foule. Et pour que ces flics ne volent rien là-haut.

« Motown, dirait-elle, il faut que tu supprimes quelqu'un pour moi. Il s'appelle Touchy. »

CHAPITRE 13

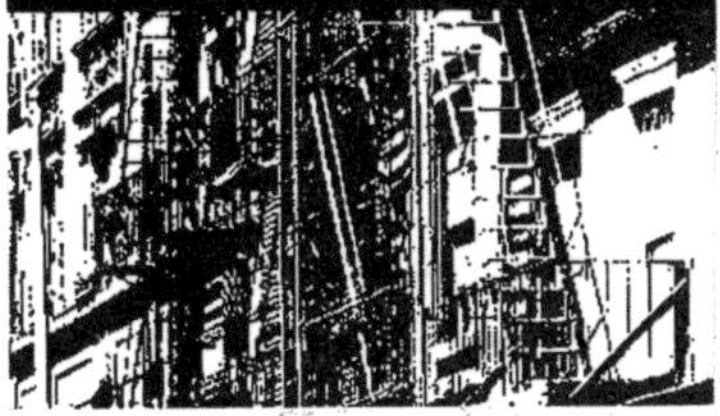

Sa vie entière, Motown avait vécu en espérant un tel moment. Ce serait un grand moment. Un moment qui compenserait toutes les années passées à être moins que rien, à n'avoir ni amis, ni famille. Lorsque ce moment viendrait, il se montrerait à la hauteur, un vrai héros. Les regards se tourneraient vers lui. Par la suite, en le croisant, les gens lui feraient des signes de la main et le désigneraient du doigt à leurs enfants. Une femme, sa femme, le couverait des yeux avec orgueil et amour.

Souvent il rêvait à pareil moment. Il y aurait une vie à sauver, une bataille à gagner, un plan à mettre sur pied pour libérer l'humanité. Et toujours, dans son rêve, il se montrait à la hauteur, il devenait un « grand » de ce monde.

Mais en ce moment, il ne vivait pas un rêve. Il vivait quelque chose de bien vrai, qu'il pouvait sentir, toucher. Et qui avait pour nom Didi.

Didi accaparait son esprit plus encore que le Professeur avant elle. Didi qui savait se serrer contre lui et lui murmurer des mots tendres, au point qu'il se sentait vibrer et ramollir jusqu'au plus profond de sa chair. C'était Didi qui lui insufflait le souffle de la vie en ce moment.

Didi.

- Tony est mort, avait-elle dit.

Le regard farouche, louve de cauchemar, étrangère, déesse de mort, elle était montée de la rue en hurlant et s'était retrouvée devant la porte du premier appartement qu'il eût jamais possédé de sa vie entière.

- Qu'est-ce qui s'est passé ? avait-il demandé, son cœur se brisant, au diapason de sa peine à elle.

- Il est mort d'une overdose.

Elle leva les paupières vers lui, scrutant ses yeux. Scrutant ses pensées. Afin d'y trouver la mère dont il ne se souvenait pas et le père qu'il avait essayé d'oublier si fort.

- Didi...

Son nom s'échappa lentement de ses lèvres.

Motown sentit qu'elle allait exploser. Il le sentit et voulut intervenir avant qu'il ne fût trop tard, avant qu'elle ne prononçât les mots suivants.

- Je veux que tu le tues, dit-elle. Son nez coulait. Elle pleurait. Il faut que tu le tues. Il a assassiné mon frère !

- Touchy ?

- Je le hais ! s'écria-t-elle.

Elle saisit un magazine et le jeta à travers la pièce.

- Je le hais !

La drogue ronge la tribu. Elle la ronge d'une

manière aussi implacable qu'un cancer ronge un corps. Il faut connaître ses ennemis, avait déclaré le Professeur. Quiconque introduit de la drogue au sein de la tribu est ton ennemi. Ils déciment la tribu comme un véritable cancer. Ils en aspirent toute substance et laissent des zombies errant dans les rues.

– Didi, peut-être devrions-nous aller à la police...

Les mots de Motown résonnèrent dans sa tête.

– Impossible, impossible...

Elle le dévisagea comme si elle ne le connaissait pas, tandis qu'en la regardant, il se demandait qui elle était. Il détourna les yeux.

– Regarde-moi ! implora-t-elle. Regarde-moi !

– Tu veux que je le tue ?

– Je veux que tu... je veux que tu me montres qui tu es, je veux que tu me prouves... Elle s'affaissa sur la chaise. Puis elle releva les paupières. Je le ferai moi-même.

– Non, dit Motown posant sa main sur son bras alors qu'elle esquissait un geste vers le couteau de cuisine qu'elle lui avait apporté. Tu restes ici. Je m'occupe de lui.

Motown prit l'argent qui devait lui servir à aller travailler le lendemain. Il avait déjà ses tennis aux pieds, il changea juste sa chemise pour un tee-shirt beige. Didi était allongée sur le lit, ses épaules se soulevant et se baissant au rythme de ses sanglots.

La vie à Harlem était dure et Didi ne parvenait pas à la supporter. C'était trop pour elle. Elle n'était pas faite pour ce genre d'existence. Elle n'était pas faite pour cet endroit, ces moments. Son monde à elle était différent du sien, mais il se trouverait toujours à ses côtés, d'une manière ou d'une autre. À cet instant où quelqu'un devait défendre la tribu, se comporter comme un homme envers une femme, Motown élèverait la voix et le bras. Ce serait sa contribution.

Les boutiques de Harlem vendent ce qu'elles peuvent. Quelquefois uniquement de la nourriture ainsi que des objets hétéroclites comme des cartes à jouer ou des dés enveloppés de cellophane. Parfois ce sont des revues porno à côté de crucifix ou des balles de tennis jouxtant du poison contre les cafards. Tout ce dont les gens risquent d'avoir besoin et que la police ne peut interdire de vendre. La plupart des petites boutiques proposent au moins une espèce de couteau.

– Celui-là vaut cinq dollars et il restera parfaitement aiguisé aussi longtemps que tu t'en serviras.

Derrière le comptoir, le frère noir portait un pantalon et une chemise verte, deux chaînes en or et des baskets.

– Tu peux tout faire avec. Même découper du linoléum.

– Je n'ai que trois dollars, dit Motown.

– Alors prends ce couteau japonais. Il te suffit de l'affûter une ou deux fois par mois et il vaut n'importe quel autre. Le premier est en acier suédois et c'est le meilleur sur le marché mais celui-ci est bien aussi.

Motown tendit ses trois dollars, ouvrit et referma le couteau à deux reprises pour s'y habituer avant de le glisser dans sa poche. Il essayait de ne pas penser au meurtre de Touchy, ou à ce qui se passerait par la suite.

Il faut poser le nez sur une fleur pour sentir son parfum, mais les mauvaises nouvelles, elles, se propagent comme la puanteur portée par le vent. Neuf junkies furent arrêtés une fois l'overdose d'Anthony découverte. Un à chaque coin de rue de la 126e à la 129e et le reste devant l'Église du Nouvel Espoir Baptiste où ils mangeaient des mangues. Reese, le croque-mort, dit au Professeur qu'ils raflaient tous les junkies et que c'était la panique dans le quartier.

– Ils ont peur de ne plus trouver de came dans la rue pendant plusieurs heures, expliqua Reese, dévoilant sa dent de devant en or tandis qu'il parlait.

Le Professeur n'y prêta aucune attention particulière. Les rafles de drogués étaient chose courante. Un jour, lorsque le président était venu à Harlem, la police en avait arrêté cinquante pour qu'ils ne traînent pas dans la rue. Ils avaient même alors coffré un type qui travaillait dans une boulangerie parce qu'il paraissait un peu hébété en rentrant chez lui après le travail. Ce n'était que du bluff, le Professeur le savait, et cela ne l'intéressait pas. Du moins pas avant que Tutmose ne passe et ne lui demande s'il était au courant des dernières nouvelles.

– Il paraît qu'ils ont arrêté quelques drogués, répondit le Professeur. Ils mettent en prison les victimes du trafic comme d'habitude.

– Non, c'est pas ce que je veux dire. Vous connaissez Didi ? Cette fille que Motown fréquente ?

– Oui.

– Et ben son frère est mort. On dit que c'est pour ça qu'ils embarquent tout le monde.

Personne ne savait combien d'argent possédait le Professeur. Il avait épargné, mis de côté sou après sou, s'était serré la ceinture et avait été chiche pendant des années, tant et si bien que ses économies s'élevaient à près de sept mille dollars. Ce n'était pas astronomique mais c'était déjà ça. Pour un homme noir, cela pouvait signifier beaucoup. Il avait pensé à cet argent. Il n'en avait vraiment pas besoin. La petite librairie et le bâtiment dans lequel elle se trouvait lui appartenaient. Tant qu'il les avait, il aurait toujours un toit au-dessus de sa tête. Il ne mangeait pas beaucoup et sa retraite suffisait à couvrir ses frais de nourriture. Pendant les longues années durant lesquelles il avait travaillé à la fabrique de vêtements, il rechignait à payer la sécurité sociale, mais à présent, il en était satisfait ; cet argent lui assurait sa dignité. Peut-être pas une grande dignité, mais c'était assez.

Il pensait à Motown depuis longtemps. Ce garçon avait besoin qu'on lui donne sa chance, que quelqu'un lui fasse la courte échelle. Jusqu'à présent, le Professeur s'était retenu, Motown se débrouillait trop bien par lui-même. Certes, il ne vivait pas dans le luxe mais il était indépendant. C'était un homme-enfant noir qui apprenait à se connaître. Le Professeur avait songé à donner cet argent à Motown, à lui dire de le prendre afin de se bâtir une vie à lui, de s'en servir pour apprendre, puis d'utiliser ce qu'il aurait appris pour aider la tribu. Quand Tutmose lui avait annoncé qu'Anthony était mort, le vieil homme avait ressenti une douleur fulgurante quelque part au plus profond de ses tripes. Il ne fallait pas pousser Motown au-delà de certaines limites. Pas plus que d'autres jeunes garçons de qualité, minés avant lui par les exigences de la dure vie des rues, épuisés par les trop nombreuses batailles à mener. Il était temps de donner l'argent au garçon. Il avait pensé le lui léguer un jour mais qui sait quand cela se produirait : qui sait quand la mort lui ferait signe. Non, c'était le moment, maintenant, avant que le monde ne le pousse à bout.

Il ferma sa boutique au beau milieu de la journée, pour la première fois en trente ans. La pensée d'un client venant chercher un livre et dans l'impossibilité d'entrer ne le préoccupa que l'espace d'un instant. Les gens n'avaient plus soif de lire ces temps-ci. Ils se moquaient d'acquérir des connaissances, piégés qu'ils étaient dans une existence dominée par les sens, où la seule notion de soulagement passager mais immédiat de la douleur semblait leur suffire.

Le Professeur était déjà passé devant l'appartement de Motown. Il était curieux de savoir où habitait le garçon. De vérifier que c'était un bon endroit, un endroit sûr.

Il irait le voir sur-le-champ ; il le ferait s'asseoir et lui parlerait. Il l'entraînerait dans la hutte sombre de son esprit et de ses pensées profondes, couperait les derniers liens qui l'attachaient à son enfance ; il le panserait avec la cendre de ses mots et permettrait à Motown, l'homme, de surgir. Il était temps.

Il éprouvait un sentiment d'urgence. Il ne fallait plus perdre un instant. Il s'inquiétait même de savoir s'il n'aurait pas déjà dû prendre cette initiative, il y a un an, il y a une semaine, ou peut-être seulement la veille...

Il ressentait également une grande joie. Quelle joie dépasse celle de voir un garçon devenir un homme ?

– Tu ne sais pas jouer aux dames, ma parole !

Un homme se moquait d'une vieille femme, tous deux assis sur des chaises en bois devant un magasin de disques. Un petit haut-parleur pendait à un fil au-dessus d'eux et beuglait de la musique de gospel.

« Jésus... ton nom est amour... »

La vieille femme posa ses doigts, noirs et longs, sur un pion et le saisit.

– Uh ! uh ! uh ! grogna-t-elle en sautant les trois derniers pions de son adversaire. Puis, du revers de la main, elle balaya tous ceux qui restaient encore sur le damier.

Le Professeur atteignit enfin l'immeuble de Motown et s'assit sur les marches qui y menaient. Il n'avait plus le souffle qui était le sien lorsqu'il allait nager à la piscine de la 135e rue jusqu'à en avoir mal aux épaules. Son cœur tambourinait dans sa poitrine et dans sa gorge, signe que son organisme s'affaiblissait, qu'il ne pouvait plus marcher à un tel rythme. Il s'assit un moment, répétant les mots dans sa tête. Il ne voulait pas que le garçon croie qu'il lui faisait la charité. Il lui offrait d'être responsable. Il lui offrait cela et des années de sa propre sueur.

Reposé, il monta l'escalier de pierre et sonna. Il attendit. Et si Motown n'était pas chez lui ? Dans ce cas-là, il patienterait. Cela prendrait le temps qu'il faudrait. Il sonna à nouveau, étonné de sa propre impatience. Un bourdonnement retentit et la porte s'ouvrit. Il entra. Ça sentait bon, sauce au curry au rez-de-chaussée et parfum au premier.

La porte de l'appartement s'entrebâilla et la fille le dévisagea. Ses cheveux formaient un halo foncé autour de son joli visage. Elle était grande, « du solide » pensa-t-il. Ils allaient bien ensemble.

– Oh, bonjour, murmura-t-elle.

Elle était debout, en retrait de la porte. Elle esquissa un sourire mais elle paraissait préoccupée. Ses grands yeux étaient plus plissés que d'habitude et brillaient de larmes. Il posa sa main sur la sienne et la serra légèrement.

– Je suis désolé, dit-il.

Elle secoua la tête et s'assit à la table. Il ne voyait Motown nulle part. Était-il sorti ?

– Est-ce que je peux faire quelque chose pour vous ? demanda le Professeur.

– Non, répondit-elle avec un sourire forcé entre deux larmes.

Comme elle était jolie. À une autre époque et

dans un autre contexte, il se serait assis à côté d'elle, ancien de la tribu offrant son expérience en soutien à la jeune reine. Mais à présent, il était en face d'elle, un monde entre eux l'empêchant de l'atteindre.

Les minutes s'égrenaient lentement. Le sentiment d'urgence l'avait repris. Il sentait sa poitrine se contracter. Devait-il s'en soucier, ou n'était-ce que l'effet de l'effort sur un corps de vieil homme ?

– Où est Motown ? demanda-t-il.

– Il est allé chercher Touchy, dit-elle.

– Touchy ?

– Le type qui a tué mon frère. Ses lèvres se serrèrent en un rictus féroce, laissant apparaître ses dents sur le côté. Il va le tuer, ajouta-t-elle.

Il se leva immédiatement. Sa bouche s'ouvrit sans laisser passer le moindre son. Son esprit s'était déjà élancé dans les rues. Motown était là-bas. Poitrine nue. Qu'avait-il sur lui ? Un couteau ? Un revolver ? La force de ses mains noires ?

– L'idée vient de lui ? demanda-t-il, essayant de refouler le chagrin qui perçait dans sa voix.

Elle leva des yeux écarquillés vers lui. Elle le dévisagea, essayant visiblement de comprendre ce qu'il voulait dire.

– Quoi ? demanda-t-elle.

– Cette invitation, cette danse de mort, reprit le Professeur. C'est son idée ?

– Quelqu'un...

Elle se leva et se détourna vers le mur, approchant sa main de son visage.

– Quelqu'un doit agir, c'est vrai, acheva-t-il en lui prenant le coude. Mais est-ce son idée d'entreprendre une chose aussi folle ? De gâcher sa propre vie après ce qui vient de se passer ?

– Qu'est-ce que cela peut faire que ce soit son idée ou pas ? explosa Didi en se tournant vers lui. Vous vivez en pensant encore à ce qui est arrivé il y a mille ans en Afrique, moi je dois vivre maintenant. Vous ne pouvez donc pas comprendre ça ? C'est tellement...

Elle tremblait de colère, de chagrin et de frustration. Elle frissonna jusqu'à ce que son corps libère enfin les sanglots qu'il contenait à grand-peine.

Le bruit de ses pleurs emplit la pièce, envahissant le moindre recoin obscur, repoussant le plâtre qui pelait, s'insinuant dans les fentes du plancher, faisant vibrer le plafonnier et son rai de lumière, cognant aux fenêtres.

– Ce que tu ressens est une réalité, déclara le Professeur en saisissant la poignée de la porte. Mais comment survivrons-nous si nous laissons mourir nos jeunes hommes ? Comment ?

Elle ne pouvait pas le comprendre et il n'avait pas le temps de la convaincre.

– Où est ce Touchy ?

Il lui secoua le bras, légèrement d'abord, puis plus sèchement.

– Dis-moi où il est. Où Motown est-il parti le chercher ? Où le trouvera-t-il ?

Elle se détourna.

– Mon enfant, s'il te plaît...

Le Professeur était en face d'elle, son âge avancé à nu, le visage creusé par l'inquiétude qui tenaillait son cœur. Il lui parlait doucement. Sa main, ses ongles arrondis et jaunis par le temps, effleurèrent son épaule, avec précaution, comme s'il pouvait, par ce contact, créer un lien entre eux. Son profond souci ne rivalisait pas avec la colère de Didi et il ne pouvait que plaider, l'œil plein d'espoir et la voix lasse.

– Mon enfant, s'il te plaît...

Il voulait sauver Motown. Et il la suppliait de l'aider. Sa main l'effleura de nouveau, timidement. Sa voix était parfaitement calme et pourtant, Didi devinait l'agitation qui le bouleversait. Elle la ressentait elle aussi.

Elle s'imagina Motown affrontant Touchy dans la rue. Motown attaquerait vivement, attrapant l'autre par la gorge. Peut-être qu'il le tuerait. Que se passerait-il ensuite ? Irait-elle à la police expliquer que ce n'était que justice ? Que les policiers ne faisant pas leur travail, elle avait demandé à Motown d'agir à leur place, pour l'amour d'elle ?

– Mon enfant, s'il te plaît...

– Qu'est-ce que je dois faire ? demanda-t-elle au Professeur.

– Viens avec moi, dit-il. Montre-moi le chemin. Nous avons peut-être encore le temps.

CHAPITRE 14

Qu'était vraiment Harlem ? Un endroit, un nom, une palette de couleurs vives qu'ils parcouraient, se frayant un chemin à travers les rues. Ils s'agitaient, se démenaient comme des fous au coin de l'avenue tandis que les badauds les dévisageaient, oubliant leurs dés, leurs jeux ou leurs soucis pour un instant.

- Il s'est trouvé une petite jeunesse et il a hâte de l'essayer avant de mourir ! déclara un petit futé.

- Non..., intervint un vieil homme aux tempes grisonnantes et presque édenté. Ils ont des ennuis jusqu'au cou, ces deux-là.

Les autres se retournaient et les observaient : elle, une jeune fille noire, plus grande que la moyenne, les cuisses moulées dans un jean serré, le pas saccadé sur l'asphalte brûlant ; et lui, un homme âgé au corps fatigué mais aux yeux d'une vivacité inaltérable et à l'esprit qui l'entraînait au pas de course. Ils firent des gestes frénétiques jusqu'à ce qu'un taxi gypsy* s'arrête devant eux.

**Taxi sans licence, n'ayant pas le droit d'officier en tant que tel, mais « volant » néanmoins des clients aux taxis patentés, dans les rues des grandes villes américaines.*

Il la laissa monter la première. Elle le tira à l'intérieur à sa suite.

– Qu'est-ce que j'ai fait ?

Elle regardait le Professeur, le visage déformé par le désespoir.

– Je ne veux pas gâcher aussi la vie de Motown...

– Donne l'adresse au chauffeur, répondit-il, parlant d'une voix posée pour qu'elle garde son sang-froid.

– 133e et Lexington, dit-elle. Vite, s'il vous plaît... Je l'aime, reprit-elle, je l'aime...

– Je sais, opina le Professeur. Je sais ce que c'est.

« À qui d'autre qu'une personne qu'on aime demanderait-on de renoncer à sa vie ? », s'interrogea-t-il.

Deux adolescents dont l'un portait une radio sur l'épaule traversèrent la rue juste devant le taxi et s'arrêtèrent au beau milieu de la chaussée pour poursuivre leur conversation, forçant le véhicule à s'immobiliser.

– S'il vous plaît, dit le Professeur, un jeune homme est en danger.

– Je le serai moi aussi si je provoque ces jeunes, rétorqua le chauffeur. Ne dites rien et ils vont partir.

Didi était plus calme à présent. Elle s'était un peu ressaisie. À travers les éclairs, les tourbillons de douleur, de chagrin fulgurant, elle parvenait à rassembler quelque force. Comme son peuple était fort. Vraiment fort. Ils finiraient par s'en sortir. C'était une question de temps, de personnes susceptibles de tenir les devants.

– Cette rue-ci !

Le chauffeur prit un virage sec et ralentit presque immédiatement.

– Il se passe quelque chose de louche ici, déclara-t-il. Mon auto n'est pas assurée, il faut que vous descendiez.

– Un jeune homme noir est en danger, dit le Professeur. Allez-vous l'abandonner à son sort ?

– Écoute, mon vieux... le chauffeur se retourna. L'une de ses dents de devant était en or.

– Avancez !

La voix de Didi fit sursauter le Professeur.

Il la dévisagea. Ses yeux étincelaient de fureur. Les muscles de son cou et de son visage étaient tendus.

La voiture redémarra. En une seconde, ils atteignirent l'attroupement ; les gens s'écartèrent.

Au loin, on entendit la sirène d'une voiture de police qui se rapprochait.

– La police arrive, s'écria une grosse femme au teint jaunâtre et trop maquillée. Allez-y, continuez si le cœur vous en dit !

– Descends-le, Carlos ! hurla Touchy, profitant de cet instant de distraction pour appeler son homme de main à la rescousse.

Touchy vit Carlos embrasser nerveusement du regard la foule qui semblait de plus en plus dense, s'arrêter un instant sur la silhouette de Motown prête à bondir puis abaisser son arme contre le pare-choc de la voiture et la pousser vers Touchy.

– Si c'est ce que tu veux, dit Carlos, fais-le toi-même.

Touchy s'empara du revolver. Motown était fou. Quelque chose clochait dans la tête de ce garçon. Il fallait qu'il le supprime. Il leva l'arme tandis que Motown, le visage luisant de sueur, brandissait son couteau et traversait la rue, l'air hagard.

– Motown !

C'était la fille, à sa gauche, qui criait et approchait, les bras en l'air. Touchy sentit le revolver lui échapper des doigts alors qu'il appuyait sur la gâchette.

La fille vola littéralement vers lui, les coudes écartés, tournoyant à présent, les jambes se dérobant sous elle, comme un oiseau fauché en plein vol. Touchy leva le bras, juste à temps pour saisir celui de Motown. Il se sentit ployer sous la force de ce dernier. Il essaya de se redresser mais il glissait inexorablement le long de la carrosserie de la voiture. Il heurta violemment le sol, Motown sur lui. Le garçon cala son genou sur sa poitrine, le clouant par terre. La lame du couteau brilla dans le soleil tandis que son assaillant la brandissait au-dessus de sa tête.

Un nouveau cri déchira la rue, plus aigu encore que le précédent, un cri à vous glacer le sang qui fit se détourner Touchy. Et puis il y eut une autre forme sur lui, bondissant sur la première et repoussant le couteau qui alla s'écraser contre l'aile de l'auto. À présent, ils étaient deux à l'immobiliser. Le visage du garçon ressemblait à un masque Ashanti, la fille avait un regard fou, sauvage.

– Non ! Ne fais pas ça ! cria-t-elle.

Touchy tenta de se libérer. Motown posa sa main sur sa gorge et se pencha en avant, s'appuyant de tout son poids sur son bras tendu. Touchy suffoquait ; la fille s'empara du revolver qui pendait au bout de ses doigts et l'envoya valdinguer sous le véhicule.

Hébété, Motown sentit quelqu'un l'aider à se redresser. Il leva les yeux et reconnut Tutmose ; les mains de son ami tremblaient contre son corps. Autour d'eux, il découvrit soudain des policiers. Certains en uniforme, certains en civil avec des plaques de détective sur le revers de leur veste.

– C'est lui ! Une vieille femme indienne aux hanches assez larges pour bercer l'univers entier désigna l'endroit où Touchy était allongé, à moitié dissimulé sous la voiture. C'est lui qui a tiré sur la fille !

Motown tourna la tête, cherchant Didi. Elle était debout, appuyée contre un lampadaire. Une tache de sang maculait son pantalon, du sang qui coulait le long de son bras.

– Didi ?

Il l'observa, à l'affût de son regard, s'approcha d'elle, effleura son épaule du bout de ses doigts.

– Didi ?

– Ça va, dit-elle en souriant à travers les larmes.

Motown regarda un instant le sang puis retourna vers l'endroit où deux policiers poussaient Touchy, menottes aux mains, vers une voiture de patrouille. En le voyant, une rage nouvelle s'empara de lui, lui gonflant la poitrine.

– Non, mon fils, lui dit le Professeur qui était

à ses côtés. Ne te condamne pas, ton avenir vaut mieux que cela.

Le gyrophare se mit à tourner et le véhicule s'éloigna rapidement vers Lenox Avenue.

La foule ne se dispersait pas. Qu'y avait-il de mieux à faire dans les rues brûlantes de Harlem qu'être témoin d'un événement sortant de l'ordinaire, et plus tard, de le raconter à ses voisins ou au café ? Un policier inspecta la blessure de Didi ; ce n'était pas très grave d'après lui. Il appela un ambulancier qui s'était frayé un chemin tant bien que mal à travers les badauds attroupés.

– Ce n'est pas méchant, déclara également l'ambulancier. Il faut la soigner mais l'os n'a pas été touché. Elle s'en remettra sans problème. Cet homme-là par contre me semble être dans un état plus alarmant.

Motown se tourna vers l'endroit où se trouvait le Professeur, le teint grisâtre, n'ayant toujours pas retrouvé son souffle après tant d'efforts.

– Ça va, Professeur ?

– Ça va, répondit le Professeur. Beaucoup mieux qu'au cours de cette dernière heure. Je suis simplement fatigué. Rien de plus. Accompagne-la à l'hôpital. J'attendrai votre retour. Nous aurons alors tout loisir de prendre le thé ensemble et de bavarder.

Motown monta dans l'ambulance avec Didi. Le chauffeur ferma les portes, bannissant ainsi les bruits et l'agitation de la rue. Motown prit la main de Didi.

– Est-ce que ça te fait très mal ?

– Pas si tu m'aimes, déclara-t-elle.

Il avait cru, pour quelque raison mystérieuse, qu'il s'était ressaisi. Que la carapace dont il s'était protégé et qu'il avait durcie dans les rues, dans les sombres immeubles abandonnés et dans la solitude même de son âme, s'était à nouveau formée. Motown voulait parler à Didi de son amour envers elle, et pourtant, lorsqu'il la regarda droit dans les yeux, il ne parvint pas à articuler les mots qui se bousculaient dans sa gorge. Doucement, il serra sa paume et la tint contre sa joue ; il lui caressa la main des siennes qui étaient prêtes à tuer pour elle mais qui à présent se contenteraient de travailler pour elle, de la protéger ; il approcha enfin ses doigts de ses lèvres et les embrassa. Il tenta à nouveau de parler, de lui dire tout ce qu'il ressentait, et une nouvelle fois, aucun mot ne franchit le seuil de ses lèvres tremblantes. Didi attira la tête de Motown contre son visage et essuya ses larmes à force de baisers.

– Je sais, Douceur, murmura-t-elle. Je sais.

COLLECTION
Cascade

CASCADE POLICIER

L'ASSASSIN CRÈVE L'ÉCRAN
Michel Grimaud.

L'ASSASSIN EST UN FANTÔME
François Charles.

LE CADAVRE FAIT LE MORT
Boileau-Narcejac.

CHANTAGE TOUS RISQUES
Pierre Leterrier.

LE CHAUVE ÉTAIT DE MÈCHE
Roger Judenne.

DES CRIMES COMME CI COMME CHAT
Jean-Paul Nozière.

CROISIÈRE EN MEURTRE MAJEUR
Michel Honaker.

DANS LA GUEULE DU LOUP
Boileau-Narcejac.

UNE ÉTRANGE DISPARITION
Boileau-Narcejac.

HARLEM BLUES
Walter Dean Myers.

L'IMPASSE DU CRIME
Jay Bennett.

LE LABYRINTHE DES CAUCHEMARS
Jean Alessandrini.

OMBRES NOIRES POUR NOËL ROUGE
Sarah Cohen-Scali.

ON NE BADINE PAS AVEC LES TUEURS
Catherine Missonnier.

PEINTURE AU PISTOLET
Thomas Garly.

POURSUITE FATALE
Andrew Taylor.

SIGNÉ VENDREDI 13
Paul Thiès.

LA SORCIÈRE DE MIDI
Michel Honaker.

SOUVIENS-TOI DE TITUS
Jean-Paul Nozière.

LES VOLEURS DE SECRETS
Olivier Lécrivain.

COLLECTION

Cascade

CASCADE AVENTURE

ALI DE BASSORA, VOLEUR DE GÉNIE
Paul Thiès.

LE BUVEUR D'ÉCUME
Yves Pinguilly.

LA COUR AUX ÉTOILES
Évelyne Brisou-Pellen.

DATE LIMITE
Jean Alessandrini.

LE FÉTICHE DE JADE
Jean Guilloré.

L'HÉRITIER DU DÉSERT
Évelyne Brisou-Pellen.

LES LARMES DE LA JUNGLE
Pierre Pelot.

LE MAGICIEN D'OR
Roger Judenne.

MIGUEL DE LA FAIM
Nicole Vidal.

LE PARADIS DES AUTRES
Michel Grimaud.

LE PAS DES FANTÔMES
Valérie Dayre.

PEUR BLEUE EN MER ROUGE
Jean Guilloré.

LE PRINCE D'ÉBÈNE
Michel Honaker.

PRISONNIÈRE DES MONGOLS
Évelyne Brisou-Pellen.

LE SERMENT DE SARAH
Jane Yolen.

LE SORCIER AUX LOUPS
Paul Thiès.

L'AUTEUR

Walter Dean MYERS est américain. Il habite dans le New Jersey. Il consacre son temps à écrire des romans pour adolescents, qui traitent de la vie quotidienne des Noirs dans les grandes villes ainsi que des ouvrages historiques.

Achevé d'imprimer en décembre 1993
sur les presses de Maury-Eurolivres S.A.
45300 Manchecourt
Dépôt légal : décembre 1993
N° d'imprimeur : 94/01/F2969
N° d'édition : 2355